JN256058

CHARACTER
アルマ
Alma
Emmy
エイミー
Contents
SEIKISHI ni
umarekawatta ORE ha
ISEKAISAISEI notame
KOZUKURI ni
hagemu
1
Alf red
アルフ
プロローグ…………006
第一章…………072
第二章…………185
書き下ろし短編
俺の可愛い女神さま….305
カリーナ
Karina
Xane
ザヌエラ

聖騎士に生まれ変わった俺は異世界再生のため子作りに励む

著 作　ほーち
イラスト　宮社惣恭

1

SEIKISHI ni umarekawatta ORE ha ISEKAISAISEI notame **KOZUKURI** ni hagemu

VN
Variant Novels
TAKESHOBO

プロローグ

1　突然死

「ん……ここは？」

気が付くと、俺は薄暗い部屋の中にいた。

二十畳ぐらいの少し広めの部屋で、照明は壁にかけてある燭台（しょくだい）（？）みたいなものがポツポツとあるけど、シーリングライトらしいものは見当たらない。燭台といっても実際蝋燭がたっているわけではなさそうだが、かと言って電球やＬＥＤとはまた違った雰囲気の、不思議な灯りだ。

部屋の中央に天蓋（てんがい）付きの、キングサイズぐらいはありそうな大きなベッドがあり、そのせいで部屋が随分と狭く感じる。他にもポツポツと調度品のたぐいはあるが、どれもアンティークっぽいね。ま、アンティーク調の安物だったとしても、俺にはわからないけどさ。

どうやら俺は部屋の壁際に置かれた革張りのソファーで寝ていたらしいが、はて、こんな部屋に来たことがあっただろうか？

そもそも寝る前は俺、何をしてたんだっけ。

「目が覚めたみたいだね」

ふいに女性の声が聞こえたので、慌てて声のする方へ視線を向ける。すると天蓋付きのベッドに、ドレス姿の女性がちょこんと座っていた。

いや、ドレスというにはちょっと布地が少ないんだけどね……。ホルターネックっぽい作りになってて胸は一応隠れてるけど、縦に伸びる二本の布地で覆われているのはほんとに胸だけで、谷間からお腹までが惜しげもなく露出されている。スカートは深いスリットが……、いやこれスカートじゃないな。お尻を覆う布プラス前垂(まえだ)れって感じで、大事な部分はちゃんと隠れてるかな、うん。

ただ、ドレスの生地が白い上に薄いから、胸やお股がうっすらと透けて……、いかんいかん、あんまりじろじろ見ると失礼だな。

でも、おかしいな……、さっきベッドを見た時はいなかったはずなんだけど。

「なんでここにいるか、わかる？」

「えーっと、あれ？　あーあー、ゴホンッ！　……あーあー！」

あれ、なんか声が変だなぁ。

「君はね……残念ながら死んでしまったんだよ」

「はぁっ⁉」

思わず漏れた声も、やっぱ違和感全開だわ。

「よーく思い出してごらん、君がさっきまで何をしていたのか」

えーっと……俺、何してたんだっけ。

「死因はね……テクノブレイクっていうのかな、君の世界じゃ」

テクノブレイク？　……それって、

「あー!!　三十七発目!!」

「ちょ、ちょっと、急に大きな声出さないでよ……」

「あ、ああ、すんません……」

そうだ、思い出した。

俺はついさっきまで無茶苦茶なオナニーをしてたんだった。


俺は……、そう俺は、しがない無職の男だった。

大卒からフリーターでいろんな職を転々として、三十もとっくに過ぎて両親も亡くなってたからやばいと思ったけど派遣ぐらいしかなくて……。

で、昨日……いや一昨日か？　もう少し前か？

とにかく俺は何度目かの派遣切りにあって、派遣会社からも契約切られて……。

なけなしの金でオナホと栄養ドリンク買って、以前買ってた勃起薬を飲んで、とりあえず歳の数だけ抜いてやろうって、バカなこと始めたんだったな。

正直何時間、いや何日間それを続けてたのかもわからないんだけど、三十七発目を出した瞬間意識が飛んだのか……。

で、そのまま死んでしまったと。

おお、死んでしまうとは情けない……いやホント、冗談抜きで。

じゃあ何ですか？　あの精液まみれでグッチャグチャの死体を誰かに発見されるわけ？

「あー、もし君が望むなら、元の世界の君の存在を抹消することもできるけど」

「抹消？」

「そ。親族や他人との関係が希薄っていうのも、ここに来る条件のひとつだし」

関係が希薄、ねぇ……。

確かに、俺は親戚の集まりにはほとんど顔を出さないし、両親の法事さえ姉貴にまかせっきりだったけど、最近じゃその姉からも全く連絡も来なくなったし。

学生時代の友達は就職やら結婚やらのタイミングで疎遠になっていったし、この歳になって暇そうな知り合いにはこっちから会いたくないし。

バイトは結構短期間で転々としてたから仲の良いバイト仲間なんていないし、派遣を始めてからも結局重用されるでもなく契約期間一杯で毎回次に回されて、最終的には派遣会社からも切られたし。

うん、俺が突然いなくなっても問題なく社会は回るね。

「抹消ってのは、突然俺がいなくなる感じ？」

「いいや、元々そっちの世界では生まれなかったっていう感じ」

おっと、それはそれは……。でも両親はもう死んでるし、姉貴だって俺のことなんてどうでもいいと思ってるだろうから、最初からいなくても問題ないかな。

しかし二人姉弟か一人っ子かで、家族だけでもいろいろ影響は出そうなもんだけどなぁ……。

「まぁ、うまい具合に辻褄は合うようになってるんだよ」

なるほどねぇ……。だったら抹消してもらおうかな。

「で、何で俺はここに呼ばれたわけ？　〝そっちの世界〟って台詞が出るってことは、もしかして異世界転生的な？」

「あははー。やっぱニホンジンは理解が早くて助かるなあ」

やっぱそうか。

「あとさー、なんか声が変なんだけど？」

「声だけじゃないよー。ほい、鏡」

すると目の前の空間が一瞬ゆらぎ、姿見が現れた。

「おおっ!?　若っ!!　んでイケメン!!」

鏡に映った俺の顔は前世同様黒髪黒目だったが、顔の作りが根本的に変わっていた。日本人って感じではないけど、西洋風というわけでもなく、ただ誰が見てもイケメンって思うだろうなって顔。その上体格まで変わってて、前世では惜しくも一七〇センチに届かなかった身長が、ゆうに一八〇センチを超えており、胸板は厚く、腹筋は六つに割れ、腕や足も二回りほど太くなってる。

　マッチョはマッチョなんだけど、決して暑苦しい感じはなく、いわゆる細マッチョってやつになるのかな。んでもってお股からぶら下がる息子さんもこれまたご立派だこと。

「っていうか、全裸？」

「うん。服は後で用意するけどね。今は裸のままの方がいろいろ都合がいいの」

「……さいですか」

　いかん……、全裸の姿を女の人に見られてると思うと、なんだか恥ずかしく……。しかもこの人、よく見るとすっげー美人じゃん。黒髪ロングに薄茶色の瞳、座ってるからなんとも言えんが、身長は一六〇センチ未満のちょい低い感じ？

　肌は白いし、きわどいドレスから覗く腕や、はだけた裾(すそ)から見える脚はどちらも細いんだけど、適度に肉がついてていい感じだし。

　あと胸。細くて、ちょっと小柄なのに、多分Fはありそうな強烈な膨らみが、薄い服の生地の向こうに透けて見える。……やべぇ、どストライクじゃん!!

「うん、外見は君の要望に合わせたからね。残念ながら中身の方は要望に沿えないけど」

そっかー……っていうか、俺の心、読まれてる？

（うん、ごめんね？）

（……こいつ直接脳内に⁉）

「あはは！　ニホンジンってぜったいそれやるよねー」

「こ、これはお恥ずかしい……」

「気にしないでいーよ、楽しいから」

やべぇ、笑った顔もすげー可愛い……。あ、これも読まれてるのか。

「えへへ、仮初の肉体とは言え、そう褒められると悪い気はしないね」

「仮初？」

「そ。まあニホンジンの君ならもう察してるかもしれないけど、ボクはとある世界の女神なんだ」

ボ……ボクっ娘だとぉ⁉　その外見でボクっ娘て、俺のストライクゾーンの外角高めかよ‼

アッパースイングでホームラン狙えんじゃね？

「あの、ちょっと、えっと、ね。この喋り方は別に、君に合わせてるわけじゃなくて、ボク本来の……」

うおおおーい‼　天然のボクっ娘ですよおお‼

マジか？　マジなのか⁉　こんな美人でしかも天然のボクっ娘とふたりっきりで話せるなんて、

転生直後に不謹慎だけど俺もう死んでもいいかも。

「ちょっと待って！　死んじゃだめ!!　ね？　落ち着こうか」

おおっと、俺としたことが興奮しすぎたか……。うん、そうだな、こんな素晴らしい女性と知り合ったばかりで死ぬってのはもったいなすぎる。もっとお話をしてからでも遅くはないな。

「コホン……、じゃあそろそろ本題に入っても？」

「いつでもバッチ来いですよ!!」

あれ、この人ちょっと顔赤くなっててね？　照れてんの？　やっべぇ、超かわいいわぁ。

「ちょっと！　静かにしてよね!!」

「いや、俺全然喋ってねっす」

だってこんな可愛い人目の前にして、心の叫びをとめることなんて出来やしねぇよ!!

「あーわかったわかった!!　じゃあしばらく心読むのはやめるね」

「あ、そうして頂けると助かります（おち×ちんびろーん!!）」

無反応だ。ホントに心読んでないんだな。

「じゃあ改めて。えっとね、君にはボクの世界を救ってもらいたいんだ」

「世界を救う？　それはチート能力で異世界無双しつつ魔王とか邪神的なものを倒す、みたいな？」

「ほんと話が早くて助かるね。でも実は君に行ってもらう世界では、君たち的にいうところのラスボスに当たる邪神がすでに倒された後なんだよ」

「ん？　じゃあ俺は何をすれば？」

「勇者が邪神を倒しました。世界は平和になりました。めでたしめでたし。……っていうほど現実は甘くないんだよね。長年に渡る戦争の爪痕っていうのは、そう簡単に消えないんだ」

　女神さまいわく、邪神率いる邪神軍と、いろんな種族で構成された人類連合軍ってのが長いこと戦ってたらしい。

　その膠着状態を破ったのが、俺より前に召喚された日本人の勇者パーティーで、彼らは見事邪神を倒し、元の世界に還っていったそうだ。ちなみにこの時の勇者ってのは、その功績で何らかの報酬をもらったらしいんだが、詳しく聞いてみたら、パーティーメンバーの何人かは日本人なら誰もが知る有名人だったわ。好感度のクッソ高い完璧超人って印象なんだが、なるほど異世界勇者経験者ってんなら納得だ。

　そんな感じで異世界冒険を体験した人ってのは結構いるらしい。

　ただし、勇者パーティーが邪神を倒してもいきなり戦争が止まるわけでもなく、邪神軍とこの世界にいた人達との激しい戦いは休むことなく続いた。

「戦争にはなんとか勝利したけど、とてもたくさんの犠牲者が出たんだ。人口は激減したし、特に兵士として駆り出されたこともあって、男性の数が少なくなりすぎたんだよね。このままいくと、幾つかの種族は絶滅してしまうかもしれないんだよ……。そこで君の出番ってわけ」

「ほうほう。具体的になにをすれば？」

「ボクの加護を与えるから、君にはバンバン子供を作って欲しいんだ」

「え……子供？」

ってことはもしかして……。

「うん、一人でも多くの女性とセックスをして欲しい」

「な、なんだってー⁉」

ちょっとストレート過ぎるだろ。

なんというか、こういう異世界ものってのは、冒険していく途中で出会った女の子と時間をかけて理解し合って、やがてそこに愛が芽生えて……、って感じじゃない？　ハーレムものにしたって、出会いは不自然に多くてもそれなりの関係を築く必要はあるわけで……。

「時間がないからね。出会った女性と片っ端（ぱし）からセックスしてもらうよ」

「夢があるようで夢がねぇ‼」

ってか、何で俺？

「条件としては、さっき言った他者とのつながりが希薄ってこと。そして性欲が強い、ある程度年齢を重ねた童貞って感じかな」

「いや、なんで童貞⁉　むしろヤリチンの方がいいでしょ‼」

「セックスってさ、身体（からだ）の深いところで交わるでしょ？」

……知識としてしか知らんけど、そうなんでしょうねぇ。

「でね、そうやって身体の深いところで交わると、魂同士も交わっちゃうわけ。それって凄く素敵なことなんだけど、今回ボクが欲しかったのは混じりっ気のない、それでいて成熟した魂だったんだ」

ああ、つまり高齢童貞ってわけね。アラフォー童貞で悪うございましたね。

「そんなに自分を卑下すること無いよ」

「あれ、また心読んでる？」

「ううん。君考えてること表情に出過ぎ」

「あらら」

「あはは、まぁ君はそのままでいいと思うよ。でね、そんな魂の持ち主で、しかも性欲の強い人が……その、亡くなるのを待ってたんだ」

「なるほど。それで俺が選ばれたってわけか」

「そゆこと」

「うーん、でも俺って童貞なわけじゃん？　上手くやれる自信ないよ？」

「だからこうやって、君好みの姿で現れたんじゃんか」

えっと、それって……。

「ふふ……じゃ、しよっか」

マジですか……？

2　筆おろし（仮）

喋り方のせいか、さっきまで見た目とは裏腹に幼い雰囲気を持っていた女神さまが、急に艶っぽい笑みを浮かべた。それを見て俺のイチモツはギンギンにいきり勃ち始める。

「おいで」

ベッドに座ったまま女神さまが手招きする。

俺は引き寄せられるようによたよたとそちらへ歩いていき、女神さまの隣りに座る。

「ふふ。そうだ、まだ名乗ってなかったね。ボクは豊穣神ザヌエラ」

「ザヌエラ……。俺は……」

そこでザヌエラが人差し指で俺の口を抑える。

「君はまだ何者でもないんだよ。これからボクと交わることで魂がその身体に定着し、新しい人間として生まれ変わるんだ。だから、名乗るのはその後でいい」

そういうと、ザヌエラは俺の口から指を離し、代わりに彼女の唇が俺の口を塞いだ。

（あ、ファーストキス……）

前世ではついぞ叶うことのなかったファーストキスを、俺は借り物の身体で経験してしまった。

彼女の唇は、あったかくて柔らかかった。唇同士を重ね合わせて少したったあと、ザヌエラは俺の口の中に舌を入れてきた。いわゆるベロチューってやつだが、もちろんこれも初体験だ。やべぇ、ただ口の中に相手の舌が入ってるだけなのに、なんでこんなエロい気分になるんだろう。柔らかくて弾力のある彼女の舌が、俺の口の中を優しくなで回すとともに、なんとも言えない甘い香りが俺の鼻腔を微かに刺激する。

　俺の口内で柔らかく動くザヌエラの舌と、そして少しだけ荒くなった彼女の吐息から感じられるその香りを俺は初めて経験したんだけど、その初めて嗅ぐほのかな匂いを表現する言葉はやっぱり〝甘い〟、あるいは〝甘ったるい〟って感じかな。それはずっとその香りに浸っていたいと思わせるほど甘美なもので、俺はまるで脳みそが蕩(とろ)けるような感覚に陥っていた。

　しばらくその甘い香りに浸りながら、ザヌエラをただ受け入れていた俺だったが、少しずつ促されるような形で彼女の舌に自分の舌を絡め、そして俺の方からも彼女の口の中に舌を入れる。

　イチモツを硬くした俺は、その情欲の赴くままにザヌエラの舌を貪っていたが、唐突にキスが終わった。戸惑う俺にいたずらっぽい笑みを向けたザヌエラの腕が俺の首に絡みつき、俺はそのままベッドへ引き倒されてしまった。

「ちょっと……、触ってみて」

　上気した顔で俺を上目遣いに見ながら、女神は俺の手を取った。そして彼女に促されるまま、俺の右手はドレスの中へと滑り込み、その奥にある女神の秘部に指が触れた。

「あんっ」

そこは唇同様、あったかくて柔らかかったけど、そんな濡れてるって感じはない。

「んふふ……。久々の受肉でちょっと興奮しちゃったけど、まだ溢れるってほどじゃないね」

初体験の俺としては、この台詞が何を意味するものなのか理解できないので、黙って見つめておく。

それともこのまま指とか動かして、感じさせてあげたほうがいいのか？

「この感じ……覚えておいてね？」

やっぱり意味がわからん。

「ふふ……あとでわかるから」

女神が俺の手を秘部から離すよう促したので、名残惜しいがそれに従った。

「焦らないで……。まずはこっちから」

妖艶な笑みを浮かべながらザヌエラは片方の胸を覆う布地をずらし、俺はそれに合わせるように、もう片方の乳房を隠す生地をゆっくりどかしていった。そして豊満な双丘が露わになる。

そのきれいなお椀型の乳房といい、その先端につんと立つ薄ピンクの小さな乳首といい、まさに俺の理想のおっぱいってやつだった。

俺はその膨らみに吸い寄せられるよう手を置いた。軽く力を入れただけで、指が沈んでいく。

「ん……あぁ……」

女神の淫猥な息づかいに興奮しながら、俺はエロ知識を頼りに出来るだけ優しく乳房を揉み始めたのだが、やがて我慢できなくなり乳首にしゃぶりついた。

「んあぁ!!　ダメェ……」

ザヌエラの身体が一瞬のけぞったが、かまわず乳首を舐め回す。

「ん……ん……はぁ……」

乳首を舐め回しながら、彼女の前垂れを大きくたくし上げると、さっきは手探りで感じた秘部が、目の前に姿を現した。薄っすらと生えた恥毛の間から、秘部のヒダが見え隠れしている。

「ザヌエラ……すっげぇキレイ……」

「んん……もう、恥ずかしい……」

軽く閉じられ、少し陰になっている股間から見える、あまり縮れていないふさふさとした柔らかそうな陰毛の毛先が濡れて束になり、室内灯の薄明かりを反射して卑猥に輝いていた。

俺はそこへ引き寄せられるように手を伸ばし、股間に触れた。

「んあぁぁっ!!」

触った感触は、さっきと違い、柔らかな肉襞(にくひだ)の表面は粘液に覆われていた。

「濡れてる?」

「んもぅ、言わないでよぉ……」

恥じらい顔を背ける女神の可愛らしい姿を堪能しつつ、濡れた割れ目をなぞるように触った。

「んん……んくぅ……」

顔を背けたまま、ザヌエラは何かに耐えるような表情で時折声を漏らす。

ヒダに愛液をなじませるよう柔らかく触っていた俺だったが、やがて誘われるように指を沈めていく。熱い粘液の絡みついた指先が秘壁をかき分け、どんどん奥に入っていく。

「ヒィアッ!!　んん、ダメェ!!　んあぁぁっ!!」

指を動かすとグチュグチュといやらしい音が鳴り、その度にザヌエラが声を上げる。

やばい、俺のイチモツももう限界みたいだ。

「ねぇ……そろそろ……入れて?」

どうやらザヌエラも我慢できなくなったらしい。

俺は、自分でも驚くほど怒張した肉棒の先を、ねっとりと濡れてうごめくザヌエラの秘肉にあてがった。ほんの少し触れただけなのに、彼女の熱が伝わってくる。

(いよいよなんだな……。本当にいいのか、このまましちゃって?)

緊張と興奮が入り交じった複雑な感情のままふと俺はザヌエラの顔を見た。

「大丈夫だよ。そのまま来て」

すべてを包み込むような優しい笑顔が、むき出しの秘肉と乳房の向こう側に見え、その言い知れぬ卑猥な光景に陰茎はさらに硬さを増した。覚悟を決めた俺は、女神の膣内を押し進んだ。

「んあああっ!!」

(な、なんだこれぇ?)

やばい。オナホなんて目じゃない。粘液が、粘膜が、俺のモノに絡みついてくる。セックスよりオナニーの方が気持ちいいなんて誰が言ったんだ？　少なくともザヌエラの膣内は、俺が今まで体験したことが無いくらい気持ちよかった。

「あん……ん……んあぁ……」

まとわりつく秘肉をかき分けて最奥部に達した肉棒を、今度はゆっくりと引き抜いていった。まるで俺を離すまいとするように絡みつく粘膜と肉棒がヌチヌチと音を立ててこすれ、ほんの少し動いただけで脳天を貫くような快感が止めどなく襲いかかってきた。

再び腰を沈めると、最初のように肉をかき分けるような感触は減り、陰茎はにゅるんと奥まで入っていったが、抵抗がないからといって快感が衰えるようなことはなかった。まとわりつく熱い粘膜と肉棒とがヌチュヌチュとこすれあう感触を楽しみながら、俺は再びゆっくりと腰を引き、膣口から亀頭が出るか出ないかというところで、少し勢いをつけて腰を前に出す。

「あんっ！」

股間同士が当たる小さな衝撃でザヌエラが短く喘ぎ、その瞬間わずかに膣道がきゅっと締まったように感じた。

そうやって俺は何度か、ゆっくりと腰を前後に動かした。本当は早く動きたいけど、たぶん早く動けばすぐにイッてしまう。

それはあまりに惜しいような気がする。もっとザヌエラの膣内にいたい……。

「んふぅ……んん……あうぅ……」

　ザヌエラが両腕を首に、両足を腰に回してしがみついてきた。

　つんと立った乳首が俺の胸に触れたかと思うと、彼女の乳房がむにゅりと形を変えて押しつけられた。うっすらと汗のにじんだザヌエラの肌は温かく、押しつけられた胸は柔らかくも弾力があり、俺はわずかに押し返されるような感触を覚える。

　なんとも言えないエロい感触を胸に感じながら、俺のほうも覆い被さるようにザヌエラの身体を包み、腕を彼女の背中に回してぎゅっと力を込める。そうやってお互い強く抱き合ったまま、俺はゆっくり腰を動かし続けた。

　この時間を永遠に楽しみたい。そう思っていたが、程なく限界が訪れた。

「やば……出る……!!」

「いいよ……なかに……ボクの膣内にちょうだい」

　背中に回されたザヌエラの腕にぐぐっと力が入った。

　俺もそれに応えるように彼女の華奢な身体を締め上げながら、徐々に腰の動きを速めていく。

「あんっ！　ああっ!!　いいっ……もっと……!!」

　ズチュズチュと粘膜をこすりあう音が大きくなり、股間同士がパンパンと当たるたびにザヌエラが小刻みに震えながら嬌声をあげる。

「だ、出すぞっ……!!」

「んあああっ、きてえっ!!」

ドビュルルルッ!!　ビュルルルッ!!　ビュッ!　ドピュッ……!

限界を超えて怒張していた俺の陰茎から、勢いよく精液が放出された。先端からほとばしる粘液がドクドクとザヌエラの膣内に注ぎ込まれていく。

「ハァ……ハァ……」

「……んふふ。どうだった……?」

ザヌエラの膣内で脈打つモノは、まだ俺の脳に快感を送り続けている。

「やばい……すげぇ、よかった」

「ふふ……嬉しい」

ようやく射精が落ち着いてきたので、ザヌエラの膣内からモノを引き抜く。

「あんっ」

ヌルンっと俺のモノが抜けたところで、ザヌエラがいたずらっぽい笑みを浮かべて俺を見ながら少しわざとらしく声を上げた。

モノを抜いた後も膣口は開いたままで、周りの秘肉がヒクヒクと動いていた。

やがて膣口から、白濁した粘液が……、俺が初めて女の人の中に注いだ精液が溢れ出してきた。

（やべぇ……エロい）

女神の体内から精液が溢れ出る光景に、俺は神聖なものを穢(けが)してしまったという罪悪感と、ひ

とりの女を自分のものにしたという征服感を、そして何よりも、初めてのセックスをやり遂げたという達成感を得ていた。

溢れた精液がザヌエラのお尻を伝って、ベッドのシーツを濡らす。

その光景に射精直後で少し萎れていたモノが、ムクムクと起き上がり始め、それをほほ笑みながら見ていたザヌエラが、ふいに身体を起こし、そのまま俺の股に顔を埋めてきた。

「な……」

「ふふ、キレイにしてあげるね」

そういうと、彼女は俺のモノをチロチロと舐め始めた。

「んんっ」

イッた直後で敏感な亀頭を刺激され、思わず声が出てしまう。

徐々に舐め方が大胆になり、やがてザヌエラは俺のモノをパクリと咥え込んだ。

「んむ……はむ……んちゅ……ちゅぷ……」

いやらしい声とも音ともつかないものを奏でながら、ザヌエラは俺の物をくわえて頭を上下させる。咥え込まれた口の中で彼女の舌が亀頭や竿にねっとり絡みつき、膣内とはまた違った快感に襲われ、俺はさっきイッたばかりだというのに、すぐ限界をむかえてしまった。

「うっ……!!」

射精の瞬間、俺は思わずザヌエラの頭を摑んでしまった。そしてぐっと力を入れ、彼女の顔を俺の股間に押しつけた。

「んんっ!!」

亀頭が喉の奥に包まれたのと同時に、先端からドプンと精液があふれ出した。

「……んく……ごくん……レロレロ……」

「おぅっ……」

口内に発射された精液を飲み干したあと、彼女は俺の肉棒を丁寧に舐め始めた。特に敏感な亀頭を舐められた瞬間、俺は思わず声を上げ、その拍子に彼女の頭に置いていた手を離した。

「じゅぶぶ……んはぁ……。ふふ……」

ひとしきり口内で俺のモノを舐め回したあと、ザヌエラは最後の一滴まで精液を搾り取るように口をすぼめて、嫌らしい音を立てながら頭を上げた。そして肉棒を解放したあと、俺のほうを見て艶やかにほほ笑んだ。

ザヌエラの頭から手を離したあと、後ろ手に手をつき、少しのけぞった姿勢の俺に、彼女は這い寄るようなかたちで俺に顔を近づけてきた。

「えいっ」

そしていたずらっぽい笑みを浮かべたまま、ザヌエラは俺の肩をポンと押したのだった。

「うおっ?」

射精直後でぼーっとしていたせいか、俺はあっさりとバランスを崩され、押し倒されたようなかたちになった。

「なに……？」

流石（さすが）に二発連続で射精した俺のモノは、少し大きいものの、腹の上にだらんとたれているような状態だった。

そしてそんな俺の上に、ザヌエラが跨ってきた。

「ふふ……あと一回ぐらい、どうかな？」

蠱惑的（こわくてき）な笑みを浮かべたザヌエラが俺の上でゆっくりと腰を落とすと、中から漏れ出た俺の精液と彼女自身の愛液とでじっとり濡れた秘部が肉棒の裏スジに密着した。

「んっ」

肉棒と膣粘膜が触れあったことで刺激を受けたのか、ザヌエラがわずかに喘ぐ。そして女神は俺の胸に手を置くと、腰をゆっくり前後に動かし始めた。

「ん……んん……どう？　気持ちいい？」

「あ……ん……うん……」

俺の裏スジで秘部を刺激されているせいか、ザヌエラから時々嬌声があがる。

俺もあったかくて柔らかくてヌルヌルした粘膜と粘液で裏スジを刺激され、その気持ちよさに思わず情けない声をあげてしまった。

ザヌエラの柔らかな粘膜が吸い付くように肉棒の裏側を包み込む。そして漏れ出た精液と新たに分泌された愛液とが混じったねっとりとした粘液が潤滑剤となり、まとわりついた熱い粘膜が俺のモノをヌルヌルとこすって刺激した。

それはすごく気持ちいいんだけど、イチモツはそれ以上大きくならないみたいだ。

「んぅ……、やっぱだめかぁ」

ザヌエラの腰の動きが止まる。名残惜しいが、こればっかりは不甲斐ない俺のせいかな。

まぁ短時間に二発も出しておいて、勃起薬も無しに三発目が出来るほど、俺は絶倫じゃないし。

それでもザヌエラが相手なら三十分あれば復活出来るかも。

「あの、もうちょっと時間置いてくれればまだイケるかなぁ……？」

起き上がろうとしたら、胸を軽く押されてまた倒され、俺の上からおりたザヌエラも寄り添うように寝転がる。

「いいよ、無理しなくて。続きはまた明日……ね？」

そう言うと、彼女は俺の頭を抱え込んで、優しく撫でてくれた。

ザヌエラの白い乳房に顔をうずめた俺は、なんだか気持ちよくなってきて、そのまま眠ってしまった。

3　加護と聖技

目が覚めると、隣でザヌエラが可愛い寝息を立てていた。

彼女はいまだ胸をはだけたままで、寝起きからその白くてきれいな乳房とピンク色の可愛い乳首を拝むことが出来た。

俺も相変わらず全裸で、部屋の中にはなんとも言えないエロい匂いが充満している。

(夢じゃなかったんだなぁ)

そのことが嬉しくってしょうがなかった。この先どんなことが待っているか知らないが、彼女と一夜を過ごせたことは俺にとって最高の思い出になるだろう。

「ふふ……君は昨日のことなんか比べ物にならない経験を、これから何度もするんだよ」

「ああ、起きたんだ。おはようザヌエラ」

「うん、おはよう」

改めて確認すると、俺のイチモツは毎朝恒例の生理現象を引き起こしているようだ。

「じゃ、早速」

「だーめ」

調子に乗ってザヌエラに覆いかぶさろうとしたが、あっさり拒絶されてしまった。

「ええ~……」

「それより、ちょっと気づいたことない？」

「気づいたこと？」

うーん、モノが硬くなってること以外は……いや、待てよ。何となく身体に違和感を覚えた俺は、起き上がった後、ベッドから降り、軽くストレッチみたいなことをしてみる。

「おお⁉」

なんだか身体がすっげー軽い‼　昨日は別に違和感とか無かったけど、今の感覚に比べれば昨日はものすごく体調が悪かったんじゃないかと思えてくる。

「ボクと交わり、十分に休養を取ったことで新しい身体に魂が定着したんだよ」

「魂が定着？」

「そ、君はようやく生まれ変わったんだよ。おめでとう」

「そ、そっすか」

なんか大事なことをサラッと言われたような……。でもまあいっか。童貞卒業できたし。

「うーん、それはどうだろ。言ってみれば君はまだ〝人間童貞〟だね」

「人間童貞？　ってかまた心読んでる？」

（うん、ごめんね）

（……また直接頭に⁉）

「あはは、それはもういいよー」

「おっと、失礼。えーっと、人間童貞って？」

「うん、なんだかんだいってもボクは女神だからね。この身体も仮初（かりそめ）のものだし。だから君はまだ真の意味で童貞を卒業したわけじゃない」

「ええー……。そこは大目に見てもらえないっすか？」

「セックスの醍醐味は魂の交わりだからね。残念ながら女神であるボクと人である君との間に魂の交流はないんだ。だから、昨日のアレはあくまで真似事みたいなものだよ」

「うう……せっかく童貞卒業出来たと思ったのに……」

「そう気を落とさないで。君のルックスならすぐに人とも交われるから。それに、君にはボクの加護を与えるからね」

「加護？」

「そう。昨日交わった時に、魂に直接触れて準備させてもらったよ」

「いやさっき魂の交流はないって」

「交流っていうのはお互い行き来することね。今回はボクが一方的に君の魂に触れただけ」

「そっすか……」

「じゃあ早速加護を与えるよ」

「ちょっと待った!!」

「……なに？」

「えっと、この格好のまま？」

俺は全裸だし、ザヌエラはおムネ丸出しで股布もたくし上がって割れ目もちょい見えだし、これはちょっと締まらないんじゃないかなぁ。

ってか改めて見るとザヌエラの乱れた髪やはだけた服がエロすぎてなんも頭に入ってこねぇわ。

「コホン、失礼」

顔を赤らめたザヌエラは、軽く咳払いした後、指をパチンと鳴らした。

すると、さっきまで充満していたエロい匂いは消え、ベッドのシーツはキレイに整えられた。

ザヌエラのはだけた服や乱れた髪もきれいになり、純白のドレスに身を包んだ彼女は格好だけならギリシャ神話にでも出てきそうな女神さまって感じになった。照れた表情のせいでちょっと締まらないけどね。

俺のほうはというと、ちょっとゆったりとした生成り(きなり)のシャツに、厚手の布でできた濃いグレーのズボン、膝まであるブーツという、いってみれば中世ヨーロッパ風紳士の普段着みたいな格好になった。ちょっとだらしない感じではあるけど、たぶん鎧なんかを着やすい服装なんだろう。

ってことは、これから行く世界は中世ヨーロッパ風剣と魔法のファンタジー世界、的な？

「うん、やっぱりニホンジンは理解が早くていいね」

「そりゃどうも」

「さて、じゃあ早速加護を……っとその前に、名前を決めてもらおうかな」

「名前？」

「そう。君は生まれ変わった新しい人間だからね。新しい名前を名乗らないと」

「うーん、じゃあアルフレッドで」

なんだろ、なんかポンと思い浮かんだわ。

「うん、いい名前だね。じゃあ改めて」

そう言って立ち上がった女神を前に、何故か俺は自然とひざまずいてしまった。

「豊穣と繁栄の女神ザヌエラは、我が使徒アルフレッドに加護を与える」

ザヌエラが俺の肩に手を置き、宣言すると、彼女が触れた辺りがじんわりと温かくなってきた。

徐々に温度が上がっていき、熱いと感じると同時にその熱が体内に流れ込んでくる。まるで血流にでも乗ったかのように体中を熱いものがぐるぐると駆け巡るのだが、それはどこか心地よく、そして俺は身体の底から力が湧き上がってくるのを感じた。

「はい、おしまい」

「えらくあっさり⁉」

「うん、昨日準備させてもらったからね。じゃ早速加護の説明をするね。あ、座っていいよ」

気がつけばいつの間に用意されたのか、小さいテーブルと二脚の椅子、ティーセットがあった。

ゆっくり立ち上がってみたんだが、なんだろう、ものすごく力がみなぎってきた。

とりあえずザヌエラがお茶を淹れてくれたので椅子に座った後、遠慮なくいただく。

ハーブティーかな？　落ち着く味だ。

「うーん、見てもらったほうが早いかな。じゃあアルフ、自分を【鑑定】してみてくれる？」

「アルフ？　鑑定？」

「アルフってのはアルフレッドの愛称でしょ？　アルフレッドなんて長くっていちいち呼んでらんないよ」

「ぐぬぬ、さっきはいい名前って言ったくせに……」

「あはは、気にしない気にしない。あと、【鑑定】っていうのはボクが君に与えたスキルだよ。とにかく、自分の手でも見ながら【鑑定】って念じてごらん」

えーっと、【鑑定】っと……おお⁉

名前：アルフレッド
種族：神の使徒　（ヒューマン）
年齢：２０歳
生命力：１００/１００
魔力：１００/１００
体力：１００（２０）
精神力：１００（２０）
運：１００（１０）

スキル
【ザヌエラの加護（非表示）】
【万能鑑定（鑑定）】
【全言語理解（非表示）】
【収納庫（収納）】
【聖技：レベル１（非表示）】
【光魔法：レベル１】
【剣術：レベル１】【槍術：レベル１】
【弓術：レベル１】【騎乗：レベル５】

おお、夢にまでみたステータス画面やぁ!!

「ニホンジンってそういうの好きだよね。じゃあ説明していくね」

【名前】

これはそのまんまだね。君の名前。

【種族】

君は一応ボクが遣わした使徒ということになる。でも現地人が鑑定した場合はヒューマンと表示されるようになってるよ。代替表示については【鑑定】のときに説明するね。

【年齢】

君の場合は転生といっても0歳からじゃないんだ。何歳でも良かったんだけど、まあこれぐらいがいろいろ活動しやすいかなと思ってさ。

【生命力】

君の生命力をパーセンテージで表すものだね。絶好調で１００。そして0になると死ぬ。これもあくまで目安ね。生命力が１００あっても首を斬られたりしたら即死だし、残り1だからって小指を箪笥（たんす）の角にぶつけたから死ぬってこともないから。まあアレだよ、ＨＰ（ヒットポイント）だと思っておいていいよ。

【魔力】

ＭＰ（マジックパワー）だと思ってくれればいいかな。魔法や一部のスキルを使うときに消費するんだ。ただしニホンジンの好きなゲームと違って、これが0になるとものすごく気分が悪くなるから。場合によっては意識を失うこともあるね。あと一気に三～六割以上消費すると、やっぱり気分が悪くなるから気をつけてね。時間経過や休憩で回復するから。

【体力】

身体能力の総合値だね。物理的な攻撃力や防御力に影響してくるんだ。そっちのゲームでよくある器用さや素早さもここに含まれるからね。

【精神力】

見たまんまだね。魔法関連の効果や耐性に影響するね。

【運】

運のよさだね。こればっかりは努力でどうしようもないけど、ボクの加護を得た君は、かなり運がいいほうだと思うよ。

ちなみに、各能力値だけど、成人男性の平均は10だから。君の場合はその十倍からスタートだね。ただし、数値の上では十倍でも、実際十倍強いかっていうとそういうわけじゃないから。その辺の説明はごめん、ボクも人に説明できるほど理解してなくてね。あくまで目安ってことにしといてよ。

じゃあ次はお待ちかねのスキルね。

【ザヌエラの加護】

見たまんまボクの加護なんだけど、これはすごく重要だから後で詳しく説明するね。

【万能鑑定（鑑定）】

これはよくあるやつだからわかるよね？　対象物の情報を知りたいときに使えば、今みたいにステータスのような感じで閲覧ができるんだ。現地人が使うのはただの【鑑定】だけど、君が使える【万能鑑定】は、【鑑定】のスキルレベルＭＡＸと同じ効果があるんだよ。すごいでしょ？

あと、現地人が君に【鑑定】をかけた場合、たとえ使用者の鑑定スキルレベルがＭＡＸだったとしても（）内のものが表示されるようになってるから。（非表示）ってのは項目そのものが表示されなくなってるからね。

そうそう、スキルにはレベルがあって、最大は５。スキル名の次に『レベル○』っていうのがない場合は、スキルレベルのないものだね。スキルレベルを上げれば出来ることがどんどん増えていくよ。スキルレベルを上げるには、そのスキルをたくさん使うか、スキルに関連した技術を磨くしかない。

【全言語理解】

これから行く世界には、元の世界の君たちに似た種族であるヒューマン以外に、エルフ、ドワーフ、ハーフリング、そして獣人に魔族と、いろんな種族がいて、それらはすべて人、人間、人類とよばれるんだ。そして種族や国によって言葉が異なることがままあるんだけど、人類が喋る言葉はすべてわかるようになっているからね。これは後で詳しく説明する加護とも関わってくるんだけど、君は言葉が通じる女性であれば子を成せるから。人型でも言葉が通じない場合は魔物の類だから、さすがに子は成せないってとこかな。

【収納庫（収納）】

これはいわゆるアイテムボックスだね。異空間に物を保管する能力だ。現地にも【収納】っていうスキルがあるんだけど、その容量なんかは使用者の魔力と精神力に依存するんだ。だいたい大きめのバックパックから、そっちでいう百人乗っても大丈夫な物置ぐらいのサイズまでだね。そして君の【収納庫】はなんと容量無制限!! あと収納物の時間は止まるからね。魔物を倒した後の自動解体なんかもあるからすごく便利だと思うよ。ただ、さっきも言ったように普通の【収納】は魔力や精神力で容量なんかが決まるから、大量の荷物をホイホイ出し入れするとすごく目立つかな。だからそのあたりは気をつけてね。

【聖技：レベル1】

むふふ……これはすごく大事なスキルだよ。ちなみにこれも【鑑定】では表示されないユニークスキルだね。まあぶっちゃけて言うと【性技】だね。これも後で詳しく説明するよ。

【光魔法：レベル1】

君が想像したとおりこれから行く世界には魔法が存在する。魔法には火・風・水・土・光・闇の六種類の属性があるんだ。あと複数の属性を組み合わせた複合属性っていうのもあるけど、いまは省くね。君が使えるのは残念ながら光魔法だけだね。基本的な攻撃、回復、再生、補助は使えるようにしてあるから、詳しいことは現地で調べてね。

【剣術：レベル1】【槍術：レベル1】【弓術：レベル1】

最低限度の武術は使えるようにしてあるから。あとは現地で修行するように。能力値と合わせて、まずそこらへんの雑魚魔物や野盗なんかに負けるようなことはないから安心して。

【騎乗：レベル5】

馬や騎獣と呼ばれる魔物に乗れる技術だね。一応騎士だから乗れるようにしておいたよ。


「とまぁこんな感じ」

「うへぇ……長かった……」

「ふふ。でもニホンジンの君なら大体理解できたっしょ？」

「まあね」

「じゃあちょっと休憩しようか」

テーブルの上にサンドイッチとスープが用意された。

いままで気にしてなかったけど、いざ食事を目の前にすると急に腹が減ってきたわ。

「いただきます」

とりあえず俺は用意されたサンドイッチにかじりついた。

「ふぅ、ごちそうさん」

軽い食事を終えた俺は、コーヒーを啜りながらまったりしている。

そう、頼んだらなんとコーヒーも出してくれたのだ。

俺が無類のコーヒー好きであることを伝えたら、【収納庫】にいつでも挽き立て淹れたてのブラックコーヒーが飲める『魔法のコーヒーカップ』を用意してくれた。

うん、これだけで俺はザヌエラに永遠の忠誠を誓えるね。

「あはは、ありがと。じゃあ早速加護と聖技について説明するね」

ザヌエラは〝豊穣と繁栄〟の女神で、その〝繁栄〟でもっとも重要なのが〝子孫繁栄〟ということになる。だから俺はその繁栄を補佐する能力を、今回加護として与えられたわけだ。

以下、箇条書きにしてみた。
●妊娠出産補助
俺とセックスした女性は必ず妊娠する。もし何らかの事情で妊娠に適さない場合、加護の力で全快する。ただし、閉経等加齢によるものは回復できない。セックス直後に加護の力で排卵を誘発し、すぐに着床。その後、安全に子供を出産するまで妊婦は加護により守られる。
●純血の男子出産
俺とセックスをした女性が生むのは女性側の種族の純血の男子と決まっている。生まれた子供は成人するまで加護を受けるので、病気や怪我をしづらくなる。容姿は母親の影響が強く出る。

●加護の継承
　生まれてきた子供は『妊娠出産補助』の加護を継承する。ただし、異種族と交配した場合は混血が生まれる。その後代を重ねるごとに加護は薄れるが、多少は受け継がれる。
●加護の代行
　これは妊婦さんの健康状態や運を上昇させると同時に、必ず安産になるっていう加護を、俺がザヌエラに代わって施せるっていう能力。俺が孕ませた人じゃなくても、妊婦さんなら誰でもこの加護を受けられるらしい。そしてこの加護を受けた妊婦さんに対して、すべての人は妊娠出産に悪影響を及ぼす行為を行えなくなるんだと。

「とまあこんな感じだね。他にも〝豊穣〟関連の加護がいろいろあるんだけど、それはおいおいってことで」

「えーと、俺が子供を作れば、その先も丈夫な子がねずみ算式に増えていくって感じ？」

「そだね。まあ繁栄の効果が出始めるのは随分先の話だから、君はあんまり気にしなくていいよ。出会った女の子とじゃんじゃんセックスしてくれたらそれでいいから。で、そのために役立つのが【聖技】ね」

【聖技】ってのはザヌエラが【性技】と言い換えていたように、アッチ関連のスキルみたいだ。

　通常、スキルの使用には生命力なり魔力なりを消費するんだが、この聖技に関してはザヌエラの力を借りて行うらしいから、無制限で使用出来るんだと。

俺には隠しパラメータとして神通力みたいなものがあるって感じかな。
これも箇条書きにしてみよう。

●魅了

これは『魅了』というよりは『催淫』って言ったほうがいいかも。特定条件を満たすことでとにかく俺との子供が欲しくなるんだ。まあ簡単に言えばやりたくなっちゃうってことだよね。この条件ってのがスキルレベルで変わってきて、レベル1の場合は『粘膜接触』。簡単に言えばキスすればもうその気になっちゃうってわけ。スキルレベルが上がるごとにその条件ってのはゆるくなる。レベル2は『皮膚接触』。つまり直接触るだけ。レベル3以降はお楽しみだってさ。

●聖行補助

豊穣と繁栄の女神の思想的にいうと、子作りってのは聖なる行為だから『聖行』なんだと。まあぶっちゃけ『性交』だよね。これは、『魅了』した相手を前にした時、俺の方もギンギンになるってこと。あと相手に合わせてナニの大きさが最適化されるらしい。たとえばヒューマンとハーフリングじゃ身体の大きさも違えば膣の大きさも違うからね。その辺をお互いが最も気持ちよくなるサイズに上手く調整してくれるんだわ。あと普通のセックスより数倍気持ちよくなるってさ。すげーな。

●回復

これはセックスで消費したスタミナを回復してくれるらしい。スキルレベルが上がると生命力や魔力も回復出来るようになるってさ。

●再生

回復となにが違うの？　って思ったが、これは失ったものを新たに作り出す能力で、回復とはまた違うんだと。これもスキルレベルが上がると再生範囲や再生速度が増す。ちなみにレベル１の再生範囲は『体液』。要は精液だね。つまりこれのお陰で何発でも出来るってこと。一発で着床するのに何発でもっってのはおかしい？　と思ったけど、これはザヌエラからのご褒美みたいなもんらしい。

その気になればどんな女性も簡単に落とせて、相手が一番気持ちいいと思うサイズでよがらせて、そのうえ普通にするより気持ちよくさせたうえで回復と再生が魔力なしで常時発動――つまり、何発だろうと延々続けられるって……チートじゃね？

妊娠がどうこうって部分はいまいち実感ないけど……。

生命力や魔力の回復ができるようになったら普段の生活でも役に立ちそうだし、頑張ってスキルレベルを上げよう、うん。

「まあそんな感じで、子作りに都合の良い能力をとにかく詰め込んだってところかな」

「うん、聞けば聞くほど都合が良すぎるな。でも、俺に上手く出来るかなぁ？」

「大丈夫。もう君はボクの加護を受けてスキルを十全に使える状態なんだ。だからさっそくそれを検証してみようか」

「検証……ってまさか」

「ふふ……二回戦、だね。それで少しは自信もつくと思うよ」

ザヌエラが浮かべた艶やかな笑みに、俺のイチモツは張り裂けんばかりに怒張した。

4　聖技の効果

すっとザヌエラが立ち上がり、俺もつられて立ち上がる。

引き寄せられるようにザヌエラのもとに歩みよると、彼女が俺の首に手を回してきた。

そのまま俺の方もザヌエラの背中に手を回し、抱き寄せてキスをした。

(な、なんじゃこりゃあぁ!?)

唇同士が触れ合った瞬間、脳天を貫くような快感が訪れた。さらに、舌を絡めているうちに、どんどん気分が高揚してくる。

昨日のキスもすごかったけど、でも性的な快感まではなかったように思う。

〝うわぁ、なんかエロいことしてんなぁ〟っていう精神的な高揚はあったけど、今みたいに電撃を受けたような快感はなかった。

やばい……、このまま続けてたらキスだけで射精しそうだ。これが『粘膜接触』による『魅了』の効果ってやつか。

「ふふ……すごいでしょ」

一旦ザヌエラが唇を離し、語りかけてくる。

なんだろ、あのままずっと続けてたいってのと、続けるとやばいってのがせめぎ合ってたから、ザヌエラの方から離れてくれたのは正直助かった。

「ねぇ、触ってみて？」

ザヌエラが俺の手をとる。

意図を察した俺は、そのままドレスの裾をたくし上げ、割れ目に手を当てた。

「ンアアアッ!!」

俺の手が秘部に触れた瞬間、ザヌエラが予想以上に大きな声をあげた。

そこはもうねっとりと愛液で濡れており、足元を見れば溢れたものが内股を伝って床を濡らしているのがわかった。

「すげぇ……キスだけで」

とはいえ俺の方も大変なことになっている。

たぶんノーパンの上に布のズボンを履かせてくれたんだろうけど、先っちょから出る我慢汁が、〝漏らしたんじゃねぇか？〟ってぐらい股の部分を湿らせていた。

「ねぇ……お願い……もう、んむ!?」

ザヌエラが何か言ってたが、気にせず唇で塞いでやった。たぶん、考えてることは同じだろう。

ザヌエラと舌を絡め合いながら、俺は片腕で彼女を抱き寄せ、割れ目を触っていた手を一旦離してベルトを外し、そのままズボンをずらした。

姿を現わした肉棒は凶悪なほどに膨れ上がり、先端から透明の液体を溢れ出させていた。

ザヌエラの方も俺の行動で察したのか、片足を上げて、剝き出しの股間を寄せてくる。

首に回した彼女の腕に力が入り、ザヌエラは片足でつま先立ちのような格好になった。

俺が少しだけ膝を落とし、彼女の腰のあたりに手を回して、ぐいっと引き寄せると、ちょうど亀頭の先端がザヌエラの割れ目にピタリと触れた。

女神の熱が亀頭から伝わってくる。

ザヌエラの秘部から溢れた愛液と、俺の先端から溢れた我慢汁とが混じり合って竿を伝うのがわかった。俺はそのまま腰を上げ、彼女の秘部を貫いた。

「ンンンッ!!」

キスで口をふさがれたまま、ザヌエラが喘ぐ。

彼女の膣内に入っていく感触が、最初の時と全く異なる。

前回に比べて今の方が濡れているので、抵抗はほとんどないにもかかわらず、より締まりを感じるのだった。

「ンハァ……んん……おっきい……。ボクの中で、おっきくなってる……」

一度唇を離した女神が、自分の股の方を見て呟く。

そうか、これも聖技の効果か。

キスだけで気分が異常に高まり、相手に合わせてモノの大きさが変わる。

ザヌエラの方もより気持ちいいみたいだが、俺も前回より断然気持ちいい。

「んん……アアン……もっとぉ……」

聖技のすごさを実感しつつ、立って抱きあったまま挿入した肉棒をゆっくりと動かす。

絡みつきこすれ合う粘膜の感触は前回より増しているのに、まだしばらくは耐えられそうだ。

ザヌエラがこのままもっと楽しみたいと思っているから、聖技の効果で長持ちしているのだろう。俺の方もまだ果てるには早いと思っている。

「アンッ！　アンッ！　いいっ!!　気持ち……いい!!」

徐々に動きが激しくなっていく。

ザヌエラは力いっぱい俺に抱きつき、喘いでいた。

足元を見ると、二人揃って漏らしたんじゃねぇか？　ってぐらい床が濡れている。

「ああん……いい！　イク……イッちゃうぅ!!」

ザヌエラの膣圧が少しずつ上がってくる。

俺の方もそろそろヤバイかも……。

「いいよ……、きてぇ……一緒にぃ!!」

「うぁっ……!!」

ドビュルルルルルッ!!　ビュルルルルッ!!　ドビュッ!　ビュルルルッ!!

ふたり同時に限界が訪れ、ザヌエラの膣内に思いっきり射精した。

「あああぁぁ!!　んん……びゅくびゅく……いってるぅ……」

根本まで咥えこまれた俺のモノが彼女の膣内で脈打ち、ドクドクと精液が注ぎ込まれる。

ザヌエラは軽く痙攣（けいれん）し、立っていられなくなったようなので、抱きかかえて支えてやった。

「ふふ……すごかった……でしょ?」

とろんとした視線を俺に向け、上気した顔でザヌエラが語りかけてくる。

「うん……すごいわ……。昨日とは比べモンになんねぇ」

すこし落ち着いてきたので、一旦彼女の膣からモノを抜いた。

「あんっ」

ぬるん、とモノが出た後、たっぷり注ぎ込まれた俺の精液が、膣から溢れてザヌエラの内ももを流れ落ちる。

それを見た俺は妙に興奮してしまい、少し萎えていたモノがまたいきり立った。

「ふふ」

そんな俺の様子を見たザヌエラは、いたずらっぽい笑みでこちらを見た後、俺に背を向けた。

そしてするりとドレスの肩の部分をずらし、胸をはだけさせると、ティーセットを置いていたテーブルに手をついて尻を突き出すような格好をし、勢い良くドレスの裾を捲(まく)り上げた。

突き出されて露わになり、改めて見るとものすごくいい形をしているその尻と太ももの間あたりから、ひくひくと動くヒダが見えた。

膣口はまだ閉じきっておらず、まるで俺を誘うようにそこから愛液と精液が混じった粘液を溢れさせている。

俺はそのまま後ろからザヌエラを貫いた。

「ンアアアッ!!」

「クッ……やば……」

あまりの気持ちよさに声が漏れてしまう。

さっき射精したばっかりなのに、一週間オナ禁した後みたいに気持ちいい。

しかしバックで挿(い)れるのと、前から挿れるのとでは全く感触が変わるんだな。

前から入れた時は全体を包み込まれるような気持ちよさだったが、後ろからだと裏スジのあたりを強く刺激されるみたいだし、前から挿れた時よりも深くまで入っていくように感じられる。

「アアン!!　奥に……当たっ……て……ンンッ!!」

腰を前後する度に裏スジをゴリゴリと刺激され、奥まで突っ込むと亀頭の先が何かに当たるような感触がある。

今回は遠慮なく激しく動かしていたので、すぐに限界が訪れた。

「やば……もう……」

「いいよ……膣内（なか）に……ボクの、膣内（なか）にぃ……!!」

「ああ……!!」

ビュルルッ!!　ビュビュー!!　ドビュッ!!　ドビュッ!!

「ヒギィッ!!」

最後は思いっきり腰を引き、勢いをつけて一番奥に突っ込んで射精した。

「あぅん……。また……イッちゃ……たぁ……」

二発目だっていうのに、一発目と変わらない量の精液が出ているような気がする。

快感も一発目と変わらない。

まじなんなんだこれ、やべぇなおい。

「ン……ンン……あうぅ……」

ザヌエラはテーブルに突っ伏したまま、痙攣している。

腰のあたりがビクンビクンと震える度に、形の良い尻はプルプルと揺れた。

「ンン！」

腰を引いてモノを抜く。

すると、さっきよりもだらしなく開いた膣口からまた白濁の粘液が大量に流れ出した。

周りのヒダもヒクヒクと痙攣し、膣口から見える奥の秘壁がザヌエラの呼吸に合わせるようにゆっくりとうごめいているのが見えた。

肉棒を抜いた後の女性の穴から俺が注ぎ込んだ子種がドロリと出て、肉襞（にくひだ）がヒクヒクと動く様子は何度見ても興奮できた。

そして射精したばかりだというのに、俺の陰茎は再び充血し、硬くなっている。

「ヒグゥッ!!　ンン、なに？　いきなり……。待っ……てぇ！　まだ、イッて……アアン!!」

俺はまだ息をきらせているザヌエラの、閉じきっていない膣口に有無を言わさずぶち込み、容赦なく腰を振り始めた。

「ちょ……待っ……激し……ンン!!」

ザヌエラは何か文句を言いたげだけど、でも俺を求めているのがわかる。

もし本当に嫌がっていたら、たぶん聖技の効果で俺の方もやる気が無くなるはずだ。

こうやっていきり立ってるってことは、ザヌエラも求めてるってことなんだ。

「もっと……激し……くぅ！　奥までぇ、突いてぇ……!!」

ほら、な。だから、俺は遠慮なくズチュズチュと肉棒を出し入れし続けた。

ザヌエラの方も、俺の動きに合わせて腰を動かしてるみたいだ。

そして俺は激しく腰を動かす勢いのまま、女神の胎内に射精した。

「うっ……!!」

ドビュッ!!　ドビュルルルルルルッ!!　ビュグッ！　ビュグッ！

びゅくびゅくとザヌエラの膣内に放出される精液は、その勢いも量も衰えることがない。

「はぁ……はぁ……」

さすがに少し疲れ――、いや、ちょっと呼吸を整えたら疲れもほとんど感じなくなったな。

これも聖技の効果か。すげぇな。

俺が改めてモノを抜いた後、ザヌエラは乱れた息を整えながらこちらを向いた。

そしてテーブルの上に座る。

テーブルはザヌエラが尻を軽く乗せてつま先立ち出来るギリギリの高さだ。

ザヌエラがドレスの裾をたくし上げ、片方の脚を椅子の上に置き、股を開くと、その拍子に、秘部からコポリと粘液が漏れ出る。

そのひどくエロい光景に、またしても股ぐらが熱くなる。

「ふふ……いっぱい出たねぇ」

女神は自分の股を触り、指に粘液をべっとり付け、こっちを見てほほ笑みながら指先を舐めた。

「昨日、三回出来なかったのにね。今日は出来たね」

「ああ、自分でもびっくりだよ」

「ふふ……。もうボクの膣内(なか)は君の精液でいっぱいだよ」

「そっか。じゃあ……やめる?」

「ふーん、いいの、やめても?」

ザヌエラが俺のいきり立ったモノを見ていたずらっぽく微笑する。

俺の目の前で、露わになった女神の双丘が呼吸に合わせて上下している。

そういえば、胸とか全然触ってなかったな……。改めて見るとやっぱきれいな形のおっぱいだ。

あれだな、お腹のあたりは服で隠れてんのに、胸と股が丸出しになってるってのは、やっぱエロいな。もう三発も出したってのに、俺のモノはさっきから張り裂けそうになっている。

「ボクの膣内（なか）がいっぱいになっても、溢れさせちゃえばいいんだよ？　それにね……」

そう言うとザヌエラが、自分の股に手をやり、ちょっとイキんで精液を溢れ出させると、それをすくい取った。

「ココ以外でも気持ちよくなれるんだよ？」

ザヌエラは指にまとわりついた粘液を胸の谷間にべっとりと付け、そのまま谷間に精液と愛液が混ざった粘液を塗りたくる。

「ふふ……」

妖艶な笑みを浮かべた女神は、腰掛けていたテーブルをおりて歩み寄り、俺の前で片膝立ちになると、すでにいきり立っている肉棒をその豊満で柔らかな乳房で挟み込んだ。

そしてザヌエラは自分の胸を外側から押さえて、谷間に挟んだ俺のモノに圧力をかける。

「どう？」

「やば……、気持ちいい」

ザヌエラは適度に圧力をかけながら身体を上下させ、そのうえで上目遣いに俺を見つめてきた。

陰茎が受ける直接的な快感もさることながら、その表情がなんともいえずエロい。

もちろん温かい乳房に挟まれ、谷間でぬるぬるとこすられるのは最高に気持ちいいんだけど。

さっきザヌエラが塗りたくった体液がローション代わりになっているみたいで、膣とは違った気持ちよさがあった。

一生懸命身体を上下させながら俺に奉仕するザヌエラだったが、しばらく上目遣いに俺を見上げていた顔が下を向いた。

「ん……んもう……んん……レロ……」

どうやら胸の谷間の先から出ている俺のモノを舐めようと、舌を伸ばしているみたいだけど、なかなか俺の先端にその舌が届かず、もどかしげだ。そのひたむきな感じが可愛いんだが、漫画みたいにパイズリ中のモノを舐めたり咥えたりってのは現実的に難しいらしい。

ザヌエラも一生懸命舌を伸ばしてはいるんだが、後一歩のところで届かな……え？　ちょ、なんか先っちょにいい感じの刺激が……おうふ……。

「レロ……レロ……んむ……」

ってえええ⁉

さっきまで後一歩届かないって感じだったのが、今や亀頭の半分ぐらいを咥えこんでるよ。

やばい、これ気持ちいい……。

「んふ……どう？」

「どう……って、なんで届いてんの？」

「んむ……はむ……んふふ……よく、見てよ」

ん？　よく見て……ってチ×コ長っ!!　そっか、これも聖技の効果ってわけだ。

「んふ……いつでも……チュプ……どうぞ」

パイズリだけのときより、口で亀頭を刺激される方が何倍も気持ちいい。

舌でカリの裏のところを刺激されると声が――、

「おうふっ」

出るぐらい気持ちいい。

「はむ……ちゅぷ……レロレロ……んむ」

ヤバい、もう……。

「ザヌエラ、出るっ……!!」

ビュルルルッ!!

「んん!!　ん……んく……んぐ……んはぁっ」

俺の精液を口内で受け、全部飲みきったザヌエラが呼吸のために口を開くと、まだ口の中には精液が少し残っており、口の中で糸を引いていた。

俺は顔射ってのがあんま好きじゃないんで、こうやって飲んでくれると嬉しいな。

もちろん顔射なんて実際にやったことはないんだけど、ビデオとかで見る感じが、ちょっとね。

女の人の顔に精液ぶっかけるなんて、なんか恐れ多くてさ。

いや、飲ませる方が恐れ多いか……。まあいいや、細けぇこたぁ。

しかし、四発目だけどやっぱりたくさん出たな。

「で、どうする？」

ザヌエラが艶っぽい笑みを浮かべて俺に問いかける。粘液まみれのはだけた胸の谷間が、てらてらと光を反射してて、その姿が容赦なく俺の劣情をかき立てる。

「どうするって？」

「まだやる？　やめる？」

「えっと……まだしても、いいの？」

「もちろん。君が望む限り、ボクは付き合うよ」

「じゃあ、まだまだ足りない」

「ふふ……、おいで」


それからどれぐらいたっただろうか。何時間？　それとも何日？

「んっんっんっんっ！　アルフぅ……、出してぇ」

「うぐっ……！　出すぞ……!!」

ビュルルルルッ!!　ドビュルッ!　ビュッ!　ビュッ……!

……とにかくあれからずっとザヌエラとやり続けている。

俺たちはいつの間にかお互い全裸になっており、精液と愛液と汗と唾液と……、とにかく体液にまみれ抱き合っている。

途中風呂にも入ったんだが、結局風呂の中でもやりまくって、今じゃ湯船の中に正体不明の液体がたゆたってる有様だ。

ザヌエラなら軽く指を鳴らすだけで綺麗に出来るんだろうけど、そのままにしてある。

なんとなくだが、一段落付くまでは俺もそのままにしといたほうがいいような気がしていた。

部屋のあちこちに体液がベタベタ飛び散っているのは、俺たちがベッドの上だけにとどまらず、色んな場所で、いろんな体位でやりまくったからだ。

どんなに激しく求めても、どんな無理な体位でも、俺が求めればザヌエラはすべての要望に応え、俺のすべてを受け入れてくれた。

俺たちは今も裸で抱き合っている。

覆いかぶさるようにザヌエラを抱きしめながら俺は肉棒を前から挿れて、女神のほうも俺に回した腕にギュッと力を入れてしがみつき、お互いに舌を絡め合いながら腰を動かし、肉棒が膣壁をえぐるたびに、子宮まで精液に満たされた女神の膣がゴポゴポといやらしい音を立てる。

あれからもう何発出したのか覚えてないが、相変わらず俺はギンギンで、ザヌエラの肉襞(にくひだ)に包まれたモノから伝わる快感が衰えることはない。

ホント、このままだと永遠にやり続けられそうだ。

胸に押し付けられるザヌエラの柔らかい乳房の感触を楽しみながら腰を動かし続け、やがて俺は何発目ともしれない射精を終えた。

ザヌエラのドロドロになった膣に注ぎ込まれる精液の量は相変わらずで、俺のモノが脈打つ度に接合部からコポコポと膣内に溜まっていた精液が溢れ出してくる。

「おめでとう。記録更新だね」

俺を抱きしめたまま、ザヌエラが耳元で囁いた。

「えっと……記録？」

「うん」

そう言うと女神は俺の肩に手を置き、身体を少し押し上げて穏やかにほほ笑んだ。

「いまのが、三十八回目」

三十八……そうか、俺は無茶なオナニーで三十七発目の射精を終えたときに死んだんだったな。

「そっか……うう……」

なんだろ、俺の顔からぽたぽたと落ちる液体が、ザヌエラの顔に当たる。

それは今まで出してきたどの体液とも異なる、透明の液体。

「あれ……なんで……？」

急に涙が溢れてとまらなくなった。

なんか、急に自分が死んでしまったことが悲しくなってきたんだ。

そんなにいい人生じゃなかったと思う。改めて思い返しても、特に大学を出てからの十数年は
金に困って、生きるためだけに安い賃金で働くだけの生活だった。

けど、嫌なことばかりじゃなかった。

学生時代はそれなりに友達もいて楽しかったし、フリーターや派遣時代も、少ないながら話し
相手もいた。休日に共通の趣味を持つもの同士で遊びに行ったこともあったな。

死ぬ直前は……、あの無茶なオナニーをしていた時はろくでもない人生だと思ってたんだけど、
それでも楽しいことだってたくさんあったって、今になって思い出される。

でも俺はもう死んでしまって、それだけじゃなく、俺のことはみんな忘れてしまうんだ。

俺がいなくても世界は当たり前のように回り続けて……。

そんなことを考えたら急に寂しくなって、どんどん涙が溢れてきた。

「うう……うわあああん!!」

大の大人が声を上げて泣きわめくなんて、バカみたいだろ?

でも止まらなかった。

泣きわめいてる途中でザヌエラの顔が目に入った。

彼女は相変わらず優しい笑顔を俺に向けてくれていた。

それがなんだか嬉しくって、やっぱり俺は泣き続けてしまったんだ。

5　旅立ち

気がつくと俺はベッドで眠っていた。

目が覚めると、ザヌエラの豊満な胸が視界に飛び込んできた。ずっと彼女に抱かれて眠っていたのかな。

「おはよう」

ザヌエラが優しくほほ笑んでくれた。

「うん、おはよう」

部屋は綺麗になっていて、俺たちは相変わらず全裸だったけどベタベタと全身にまとわりついていた体液はなくなっていた。ザヌエラの肌もすべすべしてるな。

「シャワー、浴びてきな?」

「あ、うん」

浴びるまでもなく身体がきれいなのはわかるけど、こういうのは気分の問題だよな。

熱いシャワーを浴びて、気分もスッキリさせたいし。

「ふぅ……」

さっぱりして浴室を出ると、脱衣所には簡素な服がおいてあったので、ありがたく着させてもらった。そういや下着はウェストにゴムがはいった普通のトランクスだったわ。

「朝ごはん、出来てるよ」

献立は、焼き魚と味噌汁、納豆と白ご飯だった。

ザヌエラは食卓の雰囲気に合わせてか、ノースリーブのワンピースを着てた。こういう普通の格好を見ると、女神じゃなくて普通の女の人に……いや、ちょっと美人過ぎるか。

「これって、ザヌエラが作ったの？」

「んー、作ったっていうか、創った？」

ああ、そういうことね。たしかにこの部屋には調理スペースとかないもんな。

「いただきます」

美味(うま)い……。こういうちゃんとした朝食って食うの久しぶりだなぁ。

「これから行く世界ではおミソシルとか食べられないからね。よく味わっておいてね」

そっか、そうだよな。

「えっとさ、これから行く世界の文明って、中世ヨーロッパぐらいの感じ？」

「んー、そうだねぇ。雰囲気はそんな感じだけど、魔法があるから進んでる部分もあるね。君のいた世界と比べるのはちょっと難しいかも」

たしかに魔法なんていう技術があれば、科学主体の世界とは違った文明が発展してもおかしくはないよな。

例えば火をおこすにしたって、道具が必要かどうかでいろんなことが変わってきそうだ。

「あと、過去にニホンジンが何人も訪れてるから、いろいろとそっちの世界の技術がとりこまれてたりもするね」

「そっか。そういや何人かの日本人は異世界での冒険を終えて日本に還ってるって話だけど、俺の場合は……」

すると、ザヌエラが申し訳無さそうな、そして悲しそうな表情を浮かべた。

「ごめんね……。君の場合は転移じゃなくて転生だから、元の世界には帰れないんだ」

そりゃそうだよな。

俺は元の世界で死んじゃってるし、そもそも存在も消えてるんだもんな。

ははは……、昨日思いっきり泣いたせいか、もう平気になってるわ。

「あのね……」

「ん？」

「君のこれからの人生、すっごく楽しくなるから！」

「どしたの、急に」

「新しい世界での君の人生は、それはそれは充実したものになるんだよ？　大丈夫、ボクがついてるから!!　だから、君はね、世界の再生とかそんな難しいことは考えなくていいから」

「いやいや、それが俺の使命なんじゃないの？」

「使命とかいーの!!　いろんな女の子と出会って、セックスして、子供作って……。それってすっごく素敵なことじゃない!?」

「あぁ……うん、まあね」

「だからね、君は難しいこと考えずに、生きたいように生きればいいんだよ？　それが結果的に世界の再生につながるから」

「そっか……」

「とにかく自分が楽しくなることを第一に考えて？　ね？　何かあってもボクがついてるから!!　だから、楽しい人生にしようね!!」

「……うん、ありがとう」

なんかバカみたいだな、俺。

まあそりゃ前世はいい人生だったかっつーと、そうともいいきれないけどさ。

でも生まれ変わって、こんないい女神に出会えて、なにより何発もやりまくれたんだもんな。

正直、ザヌエラ並みの美人と一発やれるってだけでも人生賭けるぐらいの価値はあると思うし、そんないい女といきなり何十発もセックスできたうえにこれから先も見守ってくれるってんだから、俺は果報者だよ。

「ザヌエラ」

「ん？」

「これからもよろしくな」

「うん!」


俺はほんのりと明るい洞窟にいた。

周りは岩壁に囲まれていたが、天井部分に割れ目があり、そこから陽光が淡く射し込んでいる。

ここは元々『女神の祠(ほこら)』といって、ザヌエラを祀っていたところだったんだが、邪神との戦争で人口が激減し、近くの村や町が滅んでしまったせいで誰も訪れる者がいなくなったらしい。

祭壇っぽいところには丸っこい岩が二つ重ねられているだけで、女神像みたいなのはなかった。

そう、俺はついに、異世界の地に降り立ったのだった。

俺はいま簡素な服と、薄い革の胸甲、膝下ぐらいまでの革のブーツに革のマント、そして丸い木の板の縁を薄い金属で補強した小さめのバックラーと、刃渡り八十センチぐらいの片手剣を装備している。

この世界にはたくさんの神々がいて、俺の旅をメインでバックアップしてくれるのはもちろん豊穣と繁栄の女神ザヌエラなんだが、他にも何柱かの神が援助してくれるみたいだ。

ただ、武器や防具を司る(つかさど)る鍛冶神からはあまりいい協力は得られず、装備が簡素なものになってしまったことをザヌエラは謝っていた。

べつに、最低限の装備があるだけでもありがたいんだけどな。

そもそも、それなりに高いステータスをもらってるわけだしさ。

あ、鍛冶神は別に意地悪ってわけじゃなく、熱血漢で、「いい装備は苦労と努力をして手に入れろ!!」ってスタンスらしい。うん、わかるわかる。

俺はこれから三日ほど歩いたところにあるラムダの町を目指す。

そこの豊穣神の神殿をまずは訪れる必要があるのだとか。

「神殿で何があるのかは行ってからのお楽しみだよー。とりあえず商業神に頼み込んで支度金一〇〇万G用意してもらったから、使えるようにしとくね。神殿では寄付もできるからよろしく!」

女神は俺の頭に手をかざしてちょっといたずらっぽく笑いながら、そんなことを言っていた。

普通に考えたら女神であるザヌエラとはここでお別れになるんだけど、そう遠くない未来にまた彼女とは会えそうな気がしていた。

地上に送られる直前、温かい光に包まれるのを感じながら、俺はそんなことを思っていたんだ。


洞窟を出るとちょっとした草原があり、すぐ先に森があった。森といってもそこまで鬱蒼と生い茂ってるわけじゃなく、獣道なんかもあって普通に歩いて進めそうだ。

この森をまっすぐ北に抜けると街道があり、その街道を進めばラムダの町につくらしい。

「とりあえず、あの森を抜けないとな」

森を目指して膝丈ぐらいの雑草が生えている草原を歩いていると、ガサガサと物音が聞こえた。

音のするほうに目を向けると、草の陰から大型犬並みに大きなウサギが見えた。元の世界じゃあお目にかかれないサイズだ。

「さて、こいつは魔物か？」

試しに【鑑定】をかけてみる。

種族：グレートラビット
生命力：５/１００
魔力：８０/１００
体力：１５
精神力：７
運：５
スキル
【跳躍：レベル１】
【蹴術：レベル１】
【警戒：レベル２】
【逃走：レベル３】

グレートラビットねぇ……。まあ俺にわかりやすく翻訳されてるんだろうな。

っていうか、このウサギ死にかけじゃね？

【鑑定】を使った直後のＨＰは10ぐらいだったんだが、徐々に減ってい……、あ、倒れた。

倒れたあともしばらくは苦しそうにしていたグレートラビットだったが、やがてＨＰは０になり、それと同時に呼吸が止まった。

俺は腰に下げたショートソードの鞘を払い、木製のバックラーを構えて腰を落とした。

もしかしたらこのグレートラビットは別の魔物に襲われて、ここまで逃げてきたのかも知れないからだ。

そうやって警戒しながら倒れたグレートラビットへゆっくりと近づいていく。

脇腹の辺りからじんわりと血がにじんでおり、地面には血だまりができていた。

「死んでるかー？」

独り言のようにつぶやきながら、倒れたグレートラビットを剣の先でツンツンとつついてみる。

「へんじがない、ただのしかばねのようだ」

などとしょーもないことを言ってしまうのは、ちょっと心細いからだったりする。

だって、ひとりで世界に放り出されたと思ったら、いきなりでっかいウサギが現れて、それが目の前で死んだ。

もしかしたらこいつを襲ったやつが近くにいるかも知れないと思うと、いくら立派な聖騎士に転生しました、なんて言われても安心できない。

そもそも俺、戦闘はもちろんサバイバルの経験すらないわけだし……。

「でも、まぁこいつはありがたくいただいておこうかな」

俺は周りに【鑑定】をかけまくって、少なくとも見える範囲に別の魔物がいないことを確認したあと、剣を収めた。そして恐る恐る手を伸ばし、グレートラビットの死骸に触れる。

「これを……収納するには……、お？」

死骸に触れたあと、それを見えない倉庫に収納すべく念じてみたところ、倒れていたグレートラビットがフッと消えた。

どうやら【収納庫（ストレージ）】はこうやって念じるだけでものをしまえるみたいだな。

「そういえば解体機能っていうのが付いてたよな」

俺はザヌエラから受けた説明を思い出す。これも念じれば……、ほら、やっぱりできた。

【収納庫】内のグレートラビットは、肉や皮などいくつかの素材に分かれた。

試しに【収納庫】内のものを【鑑定】してみたところ、それも問題なくできるようで、グレートラビットの肉がこの世界では一般的に食べられていることがわかった。

さっそく食料を確保できるとは、ラッキーだったな。

「よし、じゃあ行動再開ってことで」

俺は自分に言い聞かせるようにそう言いながら立ち上がり、ぐぐっと身体を伸ばした。

「すいませーん……!!」

大きく伸ばした身体が誰かの目にとまったのか、遠くから俺を呼ぶ女性の声が聞こえた。

……俺を呼んでるんだよな？　勘違いだったら恥ずかしいなと思いながら、俺は声のしたほうに目を向けた。

「おーい、すいませーん!!」

するとと、手を振りながら近づいてくる人影が見えた。

その女性は俺に向かって大きく手を振り、少し癖のありそうな金色の髪を揺らしながらこちらに駆け寄ってくる。

「あいたっ……!!」

そして何かにつまずいたのか、彼女は俺の眼前で盛大に転んでしまった。

第一章

1　エイミーとの出会い

「ちょ……、大丈夫⁉」

俺に向かって声をかけながら駆け寄ろうとして転んでしまった女性の元へ、今度は俺のほうが駆け寄ることになった。

この世界に来たばかりで初めて会う現地人だから、本当はもっと警戒したほうがいいのかも知れないけど、ああも派手に転ばれたら放ってはおけないよな。

「あいたたた……」

俺が駆け寄ると、その女性は身体(からだ)を起こそうと手をついたのだが、そのとき腕から血が流れているのが見えた。どうやら転んだ拍子に石か何かに引っ掛けてしまったようだ。

「大丈夫？」

そう問いかけながら、俺はとっさにしゃがみ込み、彼女の腕に手を当てた。

「わわっ⁉　あの……え……？」

いきなり俺が近づいたことで驚かせてしまったみたいだが、腕の怪我が治っていく様子を彼女は呆然と見つめていた。……そう、怪我が治ったんだ。

「怪我が……、なんで？」

「あー、たぶん【光魔法】……かな？」

痛そうな傷をみてなんとかしてあげたいと思ったから、無意識のうちに魔法を使ったんだろう。

「光魔法……？　すごい……」

その感心したような声に俺は顔を上げ、ようやくこの女性の顔を見ることになった。

「あ、あの……ありがとうございます。わたし、エイミーといいます」

エイミーと名乗ったその女性は、碧い瞳で俺を見つめていた。

陽光を反射してキラキラと輝く金色の髪、愛嬌のあるくりっとした目、すっと通った鼻筋、少し薄い唇、そして少しとがった大きな耳。きめの細かそうな白い肌には、うっすらと汗がにじんでいて、なんというか、すごく可愛らしい女性だった。見たところ、二十歳前後だろうか。

耳の形からして、もしかしてエルフなのかも？　と思ったが、ザヌエラによればエルフやドワーフもこの世界では全部人類だそうだし、とりあえずあまり気にしないでおこう。

「あ、えっと、俺はアルフレッド」

「アルフレッド……さん……」

「呼びづらかったら、アルフでいいよ」

「アルフさん……アルフさん……。うん、そっちのほうがいいかも」

そう言ってエイミーちゃんはにっこりとほほ笑んだ。

俺は少しだけ、胸が高鳴るのを感じていた。

「あの、立てる?」

「はい、おかげさまで!」

俺は先に立ち上がると、エイミーちゃんに手を貸して、引き起こした。

どうやらもう傷の痛みはなさそうだ。

「えへへ。ありがとうございます」

立ち上がったエイミーちゃんの身長は、俺の胸の辺りだった。

転生後の身長は一八〇センチちょっとだから、彼女のは一六〇センチに届かないくらいかな。

服装は森に溶け込みそうな少し深めの緑を基調としたアウトドア向けのワンピースで、その上に革製の胸甲を身につけている。脛をある程度覆うミドルブーツを履き、手には指ぬきグローブをしていた。短弓をたすき掛けに背負い、腰のベルトにはポーチとナイフ、それに矢筒がセットされていた。

「いえいえどういたしまして」

にしても、なんかすごく自然に女の人と触れあってるよな、俺。

前世じゃこんなに自然に声をかけたり、ましてや手当てをしてあげたりなんてできなかったはずだ。もしかすると、ザヌエラとのセックスを経験したことで、無意識のうちに男としての自信がついたんだろうか？


「あ、そうだ！　あの、この辺でグレートラビットを見ませんでしたか？」

「グレートラビット？」

「はい。一応仕留めたつもりだったんですけど、逃げられちゃって……」

「あー、じゃああれは矢傷だったのかな……」

倒れていたグレートラビットの様子を思い出したが、たしか脇腹に血が滲んでいて、地面には血だまりができていたんだよな。

それ以外に傷らしい傷は見えなかったから、たぶんあれは矢が貫通した痕だったんだろう。

「え、いたんですか？　どこ？　どこです？」

エイミーちゃんがキョロキョロとあたりを見回す。

「えっと、俺が持ってるんだけど……」

「え？　あー……そうですか……」

あれ、なんかすっげー落ち込んでるんだけど……。

「うん、まあしょうがないか。逃がしちゃったわたしのミスだし」

「ん？　別に横取りするつもりはないよ？」

「え？　でも、最後に捕まえたのはアルフさんですよね？」

「そうかも知れないけど。俺が見つけたときは死んでたようなもんだったしなぁ」

「えっと……、じゃあ半分分けてもらっても……？」

エイミーちゃんが上目遣いに窺うような視線を送ってくる。ちょっと可愛いかも……。

「半分と言わず、全部返すよ」

「そ、それはちょっと申し訳ないです……。あの、ところで……」

「ん？」

「グレートラビットはどこに」

「あー……。えっと、【収納】ってわかる？」

正確には【収納庫】だけど、確か【収納】に偽装されてるんだったな。

「もしかしてアルフさん、収納系のスキルを持ってるんですか？」

「うん、持ってるけど……、それってもしかして珍しい？」

「はい、すごく!!」

なんだかキラキラした目で見られてるんだけど……。

「あとさぁ、グレートラビット解体しちゃったんだけど、まずかった？」

「え？　わたしが仕留めて、そんなに時間が経ってないと思うんですけど、血抜きとか大丈夫ですか」

「いや、その……、【収納】に解体機能っていうのがあって」

「ほんとですか⁉　じゃあ、もしかして時間停止機能なんかも……？」

「うん、あるね」

エイミーちゃんの目が大きく見開かれる。

「すごい！　すごいです!!」

どうやらザヌエラが与えてくれた【収納庫】というスキルはとんでもなくレアなものらしいことがわかった。


聞けばエイミーちゃんは俺が目指しているラムダの町に住んでいるらしく、俺がそこを目指していることを告げると案内役を買って出てくれた。

仕留めた獲物は俺がすべて【収納庫】に入れて解体し、そのまま運ぶことになったので、エイミーちゃんはいつもより狩りに専念できると大喜びだった。

そのエイミーちゃんの狩りの腕前だけど、はっきりいって達人レベルだと思う。

前世も含めて狩人の知り合いなんていなかったけど、一〇〇メートルも二〇〇メートルも離れた場所の獲物をすべて一撃で仕留められるなんて、普通じゃないよな？

「これくらいしか能がないので……」

なんてエイミーちゃんは言ってたけど、これだけの腕前だったらどこに出ても恥ずかしくないと思うけどね。ただ、エイミーちゃんは少し……というか、かなりドジなようで、よくつまずいてた。弓を構えたときの凜々しい雰囲気と、トコトコと危なげに歩く姿とのギャップが………、すごく可愛い……。

ちなみに俺も自分自身の戦闘や魔法スキルを確認するために、時々魔物と戦わせてもらったんだけど、スキルのおかげで問題なく戦えることがわかった。ほんと、ザヌエラに感謝だな。

日没近くまで歩いた俺たちは、洞穴にたどり着いた。

「今夜はここで明かしましょう」

ここはエイミーちゃんが狩り場にいくつか持っている拠点のひとつらしい。

昔からある狩人の拠点らしいのだが、ラムダの町にはいまほとんど狩人がおらず、この森の深い場所まで来られるのはエイミーちゃんぐらいのものらしい。

「アルフさん、ごはんどうします？　ひとりのつもりだったから、干し肉ぐらいしか用意してないんですけど……」

「ん？　今日狩ったウサギ肉は食べちゃ駄目？」

「いや、それはいいんですけど、火を用意してなくて……」

エイミーちゃんが申し訳なさそうにうつむく。

「枝とか適当に拾ってきたらなんとかならない？　鉄板はあるみたいだし」

ここは拠点として多少整備されているらしく、包丁や鉄板なんかも置かれていた。

「すいません、点火用の道具を持ってなくて」

「魔法は？」

「わたし、風魔法しか使えなくて、火魔法はちょっと……。アルフさんは？」

「あー、俺も光魔法しか……、あ、でも……」

【収納庫】にはザヌエラが用意したお役立ちアイテムがいくつも入っていた。

正直ヌルゲー過ぎねぇ？　と思わんでもないが、ザヌエラいわく「世界の再生なんていう無茶なお願いしてるのに、わざわざ難易度高くしてどうすんさ」とのことだ。

「あった！　これなんかどうよ？」

俺が【収納庫】から取り出したのは三十センチくらいの、黒くて細い棒だった。

「わぁ、点火棒じゃないですか！」

「これっていいものなの？」

「はい！　魔力を込めるだけで先端が高温になるものなんですが、魔石なしで使えるタイプは結構お高いんですよ」

「魔力を込めるだけ、ね」

なんとなくやり方が思い浮かんだので試してみる。手に持った棒に、身体の中を巡るエネルギーのようなものをを流し込むようにイメージすると、棒の先端が赤くなった。

試しにその辺に転がっていた木切れに当ててみると、すぐにボッと火がおこった。

「うわ、すげぇ!!」

俺は多少興奮しながらも、燃え始めた木切れを踏んで火を消した。

洞穴を出てすぐのところに石を並べただけの小さなかまどがあったので、俺とエイミーちゃんは手分けして枯れ木を集め、火をおこして鉄板を乗せた。エイミーちゃんの許可を得てグレートラビットの肉や、道すがら採取した山菜などを焼いていく。ジュウジュウという肉や山菜が焼ける音と、漂う匂いに食欲を刺激される。

「味付けは……、シンプルに塩と胡椒でいいか」

俺は【収納庫】から、塩の瓶と胡椒のミルを取り出した。

【収納庫】には様々な便利グッズをザヌエラが用意してくれていて、この調味料もそのひとつだ。かなりの種類の調味料が用意されており、使ったあとの容器を【収納庫】に戻せば中身が補充されるという便利仕様だったりする。

出したものは丸一日で【収納庫】へ戻されるので、人に分け与えたり売ったりするのはできないようだ。ただ、その前に食べてしまえば、栄養分はしっかりとれるとのこと。

「んー、おいしい！」

「気に入ってくれて何よりだよ」

シンプルな味付けだったが、エイミーちゃんは気に入ってくれたようだ。

一応この世界における調味料の価値なんかをいろいろ聞いてみたんだけど、塩と砂糖は普通に流通してるみたいだ。

塩に比べると砂糖は少しお高め。香辛料はちょっとした贅沢品程度、ということだった。

「コーヒー飲む？」

「わたし、コーヒーはちょっと……、って、アルフさんコーヒーも出せるんですか？」

「出せるよ、ホイ」

【収納庫】から出した白いコーヒーカップには、すでにコーヒーが満たされていた。

これはザヌエラが用意してくれた淹れたてコーヒーをいつでも飲める魔法のコーヒーカップ。飲み干しても【収納庫】に戻せばいつでもおかわりが飲めるという優れものだ。

「じゃあ紅茶は？」

「お砂糖があれば……」

「あるよ」

エイミーちゃん用にティーカップと紅茶のティーバッグを用意し、さらにケトルを取り出してお湯を注ぐ。これも魔法のケトルといって、常に熱湯が満たされているものだ。

「はい、おまたせ」

「それで、紅茶がはいったんですか？」

どうやらこちらの世界に——少なくともエイミーちゃんの知る限り、ティーバッグは存在しないらしく、彼女は透明なお湯がじわじわと紅茶色に染まっていく様子を興味深げに眺めていた。

充分に紅茶が出たところでティーバッグを【収納庫】に戻し、代わりにシュガーポットを用意。

「あ、おいしいです」

スプーン二杯の砂糖を溶かした紅茶を飲むエイミーちゃんはとても幸せそうで、見ている俺のほうまでほっこりしてきた。


その日の夜。俺はいま悶々（もんもん）としている。

食事を終えたあと、俺はエイミーちゃんと雑談をしながらこの世界の常識をいろいろと学んでいたのだが、二時間もするとお互い眠くなってきた。

【光魔法】に『聖浄』というアンデッドを祓（はら）う魔法があるのだが、不浄を取り去るという意味で、身体や衣服についた汚れを落とすというなんとも便利な副作用があったりする。

その『聖浄』を使って二人の身体を綺麗にしたあと、それぞれ寝袋に入って眠りについた。

俺の分の寝袋は例のごとくザヌエラが用意してくれていて、エイミーちゃんは自前のを使った。

「わぁ、こんなふかふかの寝袋で寝るのなんて久しぶりです」

長年使い込んでいくら洗っても落ちなくなった泥汚れ、汗や皮脂なんかの汚れが『聖浄』で綺麗に落ち、さらに【光魔法】の効果で生地や綿が少しだけ回復したらしく、エイミーちゃんの寝袋は、新品とまではいかないが、かなりいい状態になったみたいだ。

「アルフさん、おやすみなさい」

そのおかげか、エイミーちゃんは寝袋にくるまるなりすぐ寝息を立て始めた。

………無防備すぎない？

しかし、よくよく考えてみると、この世界にはいま男性が少ないっていう話だったな。

黙っていてもハーレムができるっていうほど極端な比率ではないにせよ、男が求めれば結構高い確率で女性は応じてくれるようなので、性犯罪みたいなものは少ないのかも知れない。

なら、女性の男性に対する警戒心が薄くなるのも仕方がないか……。

でも俺は、女性とは縁の薄い日本男児だったわけで、隣で眠るエイミーちゃんの寝息にものすごくドキドキしているのだ。

「んん……んぅ……」

エイミーちゃんがもぞもぞと寝返りを打ち、こちらに顔を向けた。

「……かわいい」

間近でみる女の人の寝顔って、こんなに可愛いものなの？

手を伸ばせば届く位置に寝息を立てる女の子がいる……。

寝汗で額に張り付いた少し癖のある金髪、閉じた目から伸びる長いまつげ、それにわずかに開いた口が、エイミーちゃんの無防備さを象徴してるみたいだ。

暗い洞穴の中でこうもはっきりと顔が見えるのは、聖騎士になったおかげで視力があがっているからだろうか。

俺は寝袋を少し開いて身体を起こし、ゆっくりとエイミーちゃんに近づいていく。

あと少しで、唇同士が触れあいそうになる。

このまま唇同士が――お互いの粘膜どうしが触れあえば、【聖技】が発動するはずだ。

そうしたらエイミーちゃんはその気になって、俺はこんなに可愛い娘とセックスができる。

そのためにザヌエラが与えてくれた能力が俺にはあるんだ。

あと一ミリ……。あと一ミリで唇同士が触れあう距離まで近づいたんだけど、結局俺は最後の距離を埋めることができなかった。

「ふぅー……」

俺はエイミーちゃんから離れ、起こしていた身体を地面に投げ出して仰向けに寝転がった。

「結局へたれのまんまなのかもな……」

自嘲気味につぶやく。

イケメンに生まれ変わって、ザヌエラみたいないい女で童貞を卒業した俺だけど、女性に対する臆病な部分は完全になくなったわけじゃなさそうだ。

ザヌエラじゃなく、人間同士でのセックスを経験するとひと皮むけるんだろうか？　でも、このまま聖技を使ってエイミーちゃんとするというのは、なんか違うような気がするんだよな。

「女神の神殿か……」

俺が町に着いたら最初に訪れるべきところ。なんとなく、そこに答えがあるような気がする。

旅は順調に続いている。

このあたりはラビット系の魔物が多く生息しているらしく、俺とエイミーちゃんで狩りまくっていた。遠くの獲物はエイミーちゃんが弓矢で、近くに現れた獲物は俺が剣で倒すという感じ。

「アルフさん、ホーンラビットです！　気をつけて！」

「はいよっ！」

いま俺が対峙しているのはホーンラビットという魔物で、グレートラビットの額に槍のような角が生えている魔物だ。

その角を突き出して突進してくると、鎖帷子(くさりかたびら)ぐらいなら貫いてしまうという結構凶悪な魔物なんだけど――、

「おらよっ!!」

俺はバックラーを構えてホーンラビットの突進を待ち受け、接触の瞬間に角度を付けていなす。

ゴリッと音を立ててバックラーの表面が削られたが、これくらいは問題ない。

「せいっ!!」

そのまま敵の側面に回り込んだ俺は、無防備になった首の後ろめがけて剣を振り下ろし、ホーンラビットを一撃で仕留めることができた。

ここまでの戦いで、【剣術】と【盾術】のレベルが結構あがったよ。

「じゃ、こいつも【収納】に入れとくね」

拾い上げたホーンラビットがフッと消え、いつものように【収納庫】へ収納された。

ちなみにエイミーちゃんが普段どうやって狩った獲物を持ち歩いているかというと、彼女は収納鞄（かばん）という物を使っていた。大きさはちょっと口の大きなポーチだけど、空間拡張の魔法がかけられていて、小さめのコンテナひとつ分くらいの容量を持つ魔道具だ。かなり高価な物で、エイミーちゃんの所有物ではなく町の資産らしく、優秀な狩人に貸与されるんだとか。

「いつもはそのポーチが一杯になるまで獲物をとってるの？」

「いえいえ。これはアルフさんの【収納】と違って、時間停止みたいな機能はないですからね。中の温度は少し低めなので入れた物は傷（いた）みづらくはなってるんですけど、それでも三日が限界でしょうか」

さらにいえば、ポーチの口に入る物しか収納できない仕様で、残念ながらグレートラビットはそのまんまじゃ入らない。なので、入れる前にある程度解体しておかないといけないみたいだ。

「だから、狩った獲物をそのまま収納できるうえに、解体までできて中身も傷まないなんて、ほんと夢のようなスキルですよ。あー、わたしも欲しいな」

「はは。まぁ俺でよかったらいつでも手伝うよ」

「ほんとですか⁉　ありがとうございますっ！」

とまぁこんな感じでエイミーちゃんとの距離はグッと縮まったワケなんだけど……。

「じゃ、おやすみなさい……」

別の拠点でもう一泊することになった俺は、結局あと一歩が踏み出せないまま三日目の朝を迎えるのだった。


午前中の内に森を出た俺たちは、川沿いに草原を歩いていく。そしてようやく町が見えてきた。

「アルフさん、あと少しです」

町が近づくにつれ、エイミーちゃんの足取りが軽くなる。

そんな彼女を見ていると、俺もちょっと心が躍り始めた。

異世界に来て初めての町。そこにはどんな出会いが待っているんだろうか……？

「や、エイミー。おかえり」

わずかに日が傾き始めたころ、俺たちはラムダの町に着いた。

そこは少し背の高い木製の柵で囲われた町で、町の入り口部分の門は開放されている。

こんな柵で魔物の侵入を防げるのか疑問だったが、後で聞いたところによると、この柵を境に魔物よけの結界が張られているんだそうな。

町の入り口には背の高い女の人が立っていて、エイミーちゃんに気安く声をかけていた。

男が少ないから、こういう門番みたいなことも女の人がしなくちゃいけないのかな。

「ケイラさん、ただいまっ！」

ケイラさんと呼ばれたその女性は、身長一七〇センチ程度のスマートな体型で、金属製の胸甲に前腕を守る篭手(こて)、板金で補強されたブーツを身につけ、これまた金属製の兜(かぶと)を被っていた。

お尻の辺りからふさふさの毛に包まれた尻尾が垂れ下がっていたので、もしかすると獣人さんなのかも。兜を脱げば獣耳があるのかな？　ちょっと気になる……。

尻尾以外、見える部分はヒューマン——元の世界の人間に近い種族——とほとんど変わらないみたいだ。

「で、エイミー。そちらの方はどなたかな？」

「アルフさんです。森で出会って狩りを手伝ってもらってたの」

「そうだったのか。エイミーがお世話になったようで……」

そう言いながら、ケイラさんが深々と頭を下げた。

「あー、いえいえ。むしろこちらがお世話に……って、え？」

ケイラさんは頭を上げると同時に、グイッと俺のほうに踏み込んできた。

あれ、ちょっと近くない？

「ときにアルフ殿」

「な、なんでしょう？」

なんか、鼻と鼻が当たりそうなくらい近いんだけど。で、近くで見るとこの人結構美人かも。

切れ長の少し鋭い目から伸びるまつげは長く、エイミーちゃんより高い鼻と、健康的な褐色の肌の持ち主で、兜の隙間から出ている髪の毛は明るい茶色だった。

「このあとご予定は？」

「はい？」

「あと少しで交代の時間なので、よろしければ食事でもいかがかな？」

あれ？　もしかしてこれ、ナンパされてる……？　結構グイグイ来るな。

「いや、えっと……」

逆ナンなんて前世で一度も経験してないからちょっとドキドキするよ。

ふとエイミーちゃんのほうをみると、なんだかニコニコしながら俺たちの様子を見てた。

もしかしてこういうのって、こっちの世界じゃ当たり前なのかな？

「あー、すいません。このあと豊穣神（ほうじょうしん）の神殿に行かなきゃだめなんで」

「……そうですか。それは残念」

少しだけ伏し目がちになったケイラさんだが、それ以上迫ってくることもなく、普通に引き下がってくれた。いきなりのことで面食らったけど、悪い気はしなかったよね、うん。

「ではこちらに手を乗せていただけますか？」

入り口のところに腰の高さくらいのちょっとした柱が立っており、その上に木の板が取り付けられている。その木の板に、白いプレートが設置されていた。

そこに手を置くと、プレートの色が白から青に変わった。

「問題ありませんね。ではお通りください」

これは犯罪歴の有無を調べるものだ。青は犯罪歴なし、赤は犯罪歴あり、黄色は犯罪歴はあるものの更生中、ということになり、それらの判断は秩序神が行うんだと。

神様が実際にいる世界って、なんか楽そうでいいね。

「えーと、おじゃまします」

なんというか、こういう柵で囲われた町に入る経験なんてないから、なんとなくそう口走ってしまった。それがおかしかったのか、ケイラさんがクスリと笑う。

門を入ってすぐのところで、いつの間にか先に入っていたエイミーちゃんが待っていてくれた。

「ねぇ、アルフさん」

「ん？」

「ラムダの町へようこそっ！」

花が咲くような笑顔でエイミーちゃんが迎え入れてくれたことで、俺はついに異世界の町を訪れたんだな、という実感がわいてくるのだった。

「本当に半分でいいの？　七割くらいはエイミーちゃんが狩ったと思うんだけど……」

「はい。半分といっても、いつもより多いくらいですし、そのうえ解体までしてもらえてますから。正直半分でももらいすぎですよ？」

「そっか。じゃあ半分こってことで」

町に到着する少し前、こんなやりとりを経て俺とエイミーちゃんは獲物を折半していた。

庫内の時間が止まっている俺のほうが比較的古いものを受け取り、できるだけ新しいものをエイミーちゃんに渡した。

俺と出会う前にエイミーちゃんが狩った分も俺が預かり、新たに狩った獲物と交換したので、新鮮なものを売ったり配ったりできると、彼女は大喜びだったよ。

「そこの通りをまっすぐ行けば豊穣神の神殿があります。立派な建物なのですぐわかりますよ」

「うん。ありがとう。しばらくこの町にいると思うから、またね」

「はい。いろいろお世話になりました」

「こちらこそ」

そんな言葉を交わしたあと、俺とエイミーちゃんは街中で別れた。

野営の時に手を出せなかった自分のヘタレっぷりはちょっと情けなく思う部分ではあるけど、こうやって爽やかに別れることができたし、結果オーライかな…………ってことにしておこう。

まぁさっきエイミーちゃんに言ったとおり、しばらくはこの町にいると思うし、だったら機会もあるだろう。あると信じたい……。

なんにせよ、異世界にきて初めて出会った娘がエイミーちゃんみたいないい娘で良かったよ。

おかげで俺は、この世界を好きになれそうだ。

2 豊穣神の神殿

ラムダの町はそれなりに活気はあるものの、広さの割にはやはり人口が少ないみたいだ。

通りに面した家でも、いくつか空き家になっているらしく、崩れかかったものもあった。

それでも治安がそんなに悪く感じられないのは、秩序神の審査のおかげか、それとも男が少ないからか……。通りを歩いていても目に入るのは女の人ばっかりだ。

たまに男の人もいるけど、怪我の後遺症が残っている帰還兵みたいな感じの人が多いな。

あとみんな所帯持ちっぽい。

なので、健康な若い男がひとりで歩いていると、どうしても視線を集めてしまうみたいだ。

声をかけたそうにしている人も何人かいたが、結局神殿に着くまで誰からも声はかけられなかった。これが男女逆なら今頃どこかに連れ込まれてたかもな。

「へええ、これが……」

エイミーちゃんの言うとおり、豊穣神の神殿は他の建物に比べて随分と立派だった。

白い石造りの建物で、前世の感覚で言うと神殿よりは教会に近いかな。

ただ、この町の他の建物に比べて立派ではあるけど、神殿としてみた場合はどうなんだろう？

知り合いの結婚式で見たチャペルよりはちょっと大きいかなっていう感じだな。

入り口の両脇には立派な石柱が立ってるけど、それ以外に目立つオブジェのような物はない。

装飾も控えめで、荘厳な雰囲気は少しあるものの、どこか親しみやすい建物だった。

神殿に入るのに帯剣したままってのもあれだし……、というわけで剣と盾、あと鎧もついでに【収納庫】へ収納しておいた。

神聖な場所に入るわけだし、一応全身に『聖浄』をかけておくか。

神殿の大きな扉を開け、中に入る。

中は薄暗い、落ち着いた雰囲気の場所で、教会の礼拝堂のようだった――、っていうか、間違いなくここは礼拝堂だ。

扉を開けるとそのまま奥まで続く通路があり、その両脇に長椅子がずらっと並んでいる。

天井は高く、開放感はあるけど、明かり取りの窓があまりないせいか昼間なのに薄暗い。

それがまた荘厳な雰囲気を醸し出してるんだけど。

真ん中の通路をまっすぐ進んだ先には立派な女神像があった。

俺の目の高さくらいの台座の上に、目を伏せ、薄くほほ笑みをたたえた女性が、軽く手を広げて立っており、服装は清楚なゆったりとしたドレスのようなものだった。

（これ……ザヌエラだよなぁ？）

一応ここはザヌエラを祀っている神殿なわけだから、この女神像はザヌエラなんだと思う。

俺が見たザヌエラは、俺好みに姿を変えていたって話だから似てなくてもしょうがないんだが、なんというかあのキャラクターから想像できる姿とも程遠いんだよなぁ。
女神像のザヌエラは全体的にふくよかで、ちょっと歳がいってる感じで……、なんつーか、一言で言うならムッチリ美魔女って感じ？　決してボクっ娘のイメージではないな、などと像の前でひとりうなずいていると、頭の中に声が響いた。
《ま、豊穣と繁栄の女神、っていうイメージだとこんな感じになるのかなぁ》
「ザヌエラ？」
《やっほー。おひさーってほどでもないか》
「えっと……」
《言ったでしょ、いつも見守ってるって。ここみたいに女神像があるところだと、こうやって念話で話せるんだ》
「念話？」
（……てことは、こうやって頭の中で話しかければ……）
《ちゃーんと通じてるよ》
（おお、すごいな。あ、そうだ、改めてお礼をいうよ。ありがとう）
《な、なんなの、急に？》
（いや、素晴らしい能力を与えてくれたことにさ。お陰で苦労せずここまでこれたよ）
《ああ、そのことね。ボクとしては子作り以外のところはもっと楽をしてほしかったんだけどね。

でも上手くいってるようでよかったよ。さっそくいい出会いもあったみたいだしね》
(あー、それに関してはその……ごめん)
《なんで謝るのさー?》
(だって、俺はたくさん子作りしなくちゃいけないんだろ? なのに、せっかくのチャンスを逃したというか、なんというか……)
《ふふ、君は真面目だなぁ。でも言っただろ、アルフの好きにすればいいって。それに彼女と過ごした夜、ドキドキしたんじゃない?》
(すっげードキドキした。思春期の男子かっていうくらいドキドキしたわ)
《それってさ、いま思い出してみてどう? 楽しくなかった?》
(そうだな……。思い出してみると、ちょっと照れくさいけど思わず笑みがこぼれるというか……。うん、そうだな。これはいつかほろ苦くて楽しい思い出になりそうだよ)
《だったらそれでいいんだよ。アルフは自分が楽しいと思ったことを、幸せになれると思ったことをやればいいんだ》
(ありがとう。でも、俺うまくやれるかな? なんていうか、ザヌエラが言ってた〝人間童貞〟を卒業できるのか少し不安になってきたよ)
《ふふふ。そんなヘタレなアルフ君のために──》
(ヘタレとは失礼な! ……といっても否定できないのが悲しい)

《あはは。まぁとにかく、アルフのためにちょっとだけお膳立てしておいたから。まずは彼女の話を聞いたげてよ》

（彼女？）

《うん、ボクの神官》

するると、奥の扉からタイミングよく一人の女性が現れた。

「ようこそ、豊穣神の神殿へ」

現れた女性は、修道服のようなものを身にまとった黒髪の女性だった。……いや、光を反射するとほんのり紫っぽいな。髪は背中まであるキレイなストレートロングだ。

雰囲気的には神官というよりシスターって感じだ。

「どうも」

俺が女性に一礼すると、彼女は驚きの表情を俺に向けた。

「だ……男性？　まさか……アルフレッド……さま？」

あれ、なんで俺の名前知ってんの？

「えっと、はい、アルフレッドです……けど……？」

「これは、失礼しました。わたくし、豊穣神ザヌエラにお仕えしております、アルマと申します」

アルマさんは胸に手を当て、軽く一礼した。

「あ、はい、アルマさんですね。しかし、なんで俺の名前を？」

「女神さまより神託をいただき、お待ち申し上げておりました」

神託？　ってことはザヌエラがなにか手配してくれたのかな。

《ま、そんな感じだね。あとは二人でよろしくやってよ。じゃねー》

よろしくって……。ど、どうすればいいんだ？　エイミーちゃんのときは出会いの瞬間にいろいろあったから自然に話せたけど、こんなお見合いみたいな感じでふたりっきりにされても、なにやっていいかわからないんだけど。

アルマさんの方を見ると、一瞬目があったがすぐに逸らされてしまった。

薄暗くてはっきりとは見えないが、少し頰が赤くなっているような気がする。

しばらく俺と目を合わせられずもじもじしていたアルマさんだったが、胸に手を当て、深く息を吐くと、意を決したようにこちらを向いた。

「あの、こちらへ」

そう言って、視線で自分が出てきた扉を促した。

「あ、えーっと、お仕事の方は？」

今は俺しかいないけど、礼拝に来る人とかいないんだろうか？

「もう、日も暮れますし……。この時間以降に来られる方はおりませんわ」

「そっすか……」

アルマさんに連れられてくぐった扉の先はすこし狭い廊下みたいになっており、照明器具があるのか外の光は入らないものの、礼拝堂よりは若干明るかった。

改めて前を歩くアルマさんを見ると、髪はやっぱり紫色で、狭い場所に入ったせいか、あるいはすぐ後ろを歩いているせいか、その深い紫の髪が揺れるたびに花のような香りがふわりと漂う。

そばに寄ってみたら、意外と背が高いことがわかった。身長は一七〇センチぐらいかな。

廊下を進み、幾つかの部屋を素通りした。

そして一番奥の部屋にたどり着くと、アルマさんが扉を開けてくれた。

「どうぞ」

アルマさんに促され、先に部屋へ。そういえば俺って女の人の部屋に入るのって初めてかも。

ザヌエラの時のあれは、なんつーかラブホみたいな感じだったもんな、行ったことないけど。

「あの……お茶、用意しますね」

「ああ、いえ、お構いなく」

そう言ったら本当にお構いなしになるなんてこともなく、アルマさんは部屋の外に出ていった。

アルマさんがいないので、とりあえず部屋の中を眺めておく。広さは八畳ぐらいかな。

シングルサイズぐらいのベッドがあって、タンスやキャビネットみたいなのがいくつかある。

本棚もあって、結構本がびっしり詰まってるわ。

あとは作業用っぽい机と椅子があり、机の上には書類や本が整然と並べられていた。

整理整頓がきっちりされてるな。

机の隅には小さい花瓶があって、綺麗な花が生けられていた。この部屋には窓があり、出窓になってるところに観葉植物っぽいのが飾られていて、こういう花とか植物が女の人らしいなぁ、と思ってしまう。

窓の外は随分暗くなっていた。

扉が開き、ティーセットを載せたトレイを手にアルマさんが戻ってくる。

「お待たせしました」

「ああ、いえ、すいませんね」

ティーセットを作業机の上に置くと、ティーポットからカップへとお茶が注がれる。

見た目と匂い的には紅茶っぽいな。

「あ……」

紅茶を注(そそ)ぎ終えた後、アルマさんが俺の方を見て困ったような顔をした。

一通り部屋の中を見回した後、作業用の机に収められていた一脚しかない椅子をひく。

「すいません、こちらへ」

ここは応接用のスペースじゃないから、椅子が一脚しかないんだろうな。

「ああ、どうも。アルマさんは?」

「わたくしは、立ったままでも……」

「そんな！　じゃあアルマさんが座ってください」

「いえ、わたくしは……ああ、こちらに座りますから」

そういって、アルマさんはベッドに座った。

俺がこのまま立っていたらアルマさんも気を使うだろうしと、椅子に座ろうとした途端――、

「あ！」

アルマさんが何かに気づいたように立ち上がろうとした。

うん、ベッドと机の距離は結構あるのに、アルマさん手ぶらだね。俺は手でアルマさんを制し、ティーカップをのせたカップソーサーを取ってアルマさんに渡した。

「……すいません」

ああ、逆に気を使わせちゃったか。まあいいや。

改めて椅子に座り、紅茶に口をつける。

（うーん、渋いな……）

俺は、コーヒーはブラックで飲むが、紅茶は砂糖を入れて飲む主義なんだ。

なんなら気分次第ではウーロン茶にだって砂糖を入れる。

さすがに緑茶には入れないけど、緑茶に砂糖を入れる人の気持ちはわかる。

でもコーヒーはブラックだ。

「あの、砂糖を入れてもいいですか？」

するとと、アルマさんがすごく申し訳無さそうな顔をした。

「申し訳ありません、砂糖や蜂蜜は今切らしておりまして……」

「ああ、いえ、自前のがありますんで」

俺は【収納庫】からシュガーポットを取り出し、砂糖を二杯、紅茶に入れる。

ふとアルマさんの方を見ると、なんかすごく驚いた顔をしてるわ。

「これも豊穣神の加護なんですよ」

「なるほど……」

あ、これで納得してくれるんだ。

「アルマさんもどうです？」

「あ、はい。では、一杯だけ……」

シュガーポットから砂糖を一杯すくい、アルマさんのカップに入れ、マドラーがないので、そのまま付属のスプーンでかき混ぜてあげた。ついでに俺の分も混ぜ、スプーンに『聖浄』をかけ、シュガーポットに戻した。

うん、甘くて美味しくなったな。

「あ……美味しい……」

アルマさんの顔に浮かんだ穏やかな笑顔がすごく綺麗で、俺は少しドキリとしてしまった。

紅茶を飲んで一息ついた所で、そろそろ本題に入らないとな。

「アルマさん、神託を受けたっていうのは」

「はい。先日豊穣神よりお告げがありまして、この地に御身の使徒たる聖騎士さまが来られるとのことで、その手助けをせよ、と」

「手助け、ですか？　具体的には……？」

「いえ、その、会えばわかるからと……」

おおーい、ザヌエラぁ、テキトーすぎんぞー。

「あの、アルフレッドさまは、なぜこちらへ？　なにか豊穣神から使命を受けておられるのでしょうか」

うん、受けてるね、使命。でも、ストレートに言っていいもんかどうか……。

「えっと、とりあずこの神殿を目指せ、とだけ。あとは行けばわかると」

まあ具体的にここで何をしろ、とは言われてないしなぁ。

「では、それ以外には何も？」

「ああ、いや、まあいろいろと……」

ここにきて再び、ザヌエラが言ってた〝人間童貞〟という言葉が身にしみてくる。

ザヌエラの時は、彼女がぐいぐいリードしてくれたからちゃんとできたけど、こうやって普通に女の人を目の前にすると、正直何やっていいか全然わかんないや。

「よろしければ詳しくお聞かせ願えないでしょうか？　わたくしとしても神託を承るなど初めて

のことでして、一体何をすればいいのやら……」

「えっと、そうですねぇ」

よし、ここはいろいろ正直に話してみるか!! 特に加護のことをちゃんと知ってもらえれば、例えば子供がほしい女の人を紹介してもらえたりとか、そういうのもあるかもしれないしな。

いや、まぁ正直に言えばアルマさんといい関係になりたいけど、向こうにその気がないのにその気にさせるなんてのは、人間童貞の俺にはハードルが高すぎるぜ。

というわけで、俺はアルマさんに事情を説明した。

まず女神の導きでこの世界にやってきたばかりだということ。ただし、詳しい経緯についてはちょっとぼやかして伝えたけど。馬鹿正直に「高齢童貞でオナニーしすぎて死んで転生してしまいましてねぇ、あはは……」なんて伝える必要はないだろう。

あとは加護について。聖技についての説明は省き、とりあえず繁栄の加護のことと、自分が一人でも多くの子をなさねばならないことをちゃんと説明した。

「つまり、アルフレッドさまは一人でも多くの女性と関係を持ち、お子をなすのが使命だと?」

「え? あ、はい。そういうことだと思います」

加護の説明に関してはちょっと照れくさかったので、少しうつむきがちに話していたんだが、アルマさんの声に顔を上げてみると、彼女はなんだかとても驚いたような表情をしていた。

それからアルマさんは胸に手を当て、うつむきがちに目を閉じて何かを考えているようだった。

「アルフレッドさま」

静かに俺の名を呼んだアルマさんが顔を上げた。じっと俺の目を見るアルマさんの視線が少し怖くて、俺はつい目を逸らしそうになったのだが、彼女の瞳の奥に強い意志のようなものを感じたのでここは逃げちゃいけないところだと思い、俺も女神官さんをじっと見つめた。

「お情けを、頂戴してもよろしいでしょうか？」

「お情けって……えぇ⁉」

お情けってそういうことだよな？　いやいや、俺まだなんもしてないよ？　ちょっと使命について話しただけだよ？　聖技も何も発動してないよ？

そんな感じでうろたえていたら、アルマさんが少しだけ頬を染め、申し訳なさそうな表情を浮かべてわずかに目を逸らした。

「わたくしでは……ご不満でしょうか……？」

その言葉に、心臓がドクンと跳ね上がる。

「不満だなんてとんでもない！　その……アルマさんみたいな綺麗な人と……なんて、むしろ光栄です」

俺はしどろもどろになりながらも、なんとか自分の想いを言葉にすることができた。

ちょっとかっこ悪いけど、俺にしては上出来だと思う。

「うふふ……、さすがは聖騎士さま。女をその気にさせるのがお上手ですね」

「い、いや、そんなんじゃ。俺なんてまだ童貞だし、気の利いた事なんて……」

「え……？」

しまったぁー!!　ザヌエラは女神でノーカンだから童貞であることに嘘はないけど、それはいちいち言うもんじゃないだろ……。ほら、アルマさんすごく困った顔してるじゃないか……。

「あの……わたくしのような者がアルフレッドさまの初めてをいただいてもいいのでしょうか？」

「え、いや、むしろ、その……望むところです。はい」

うん、人として初めての相手がこんな綺麗な人なんて、光栄なことこの上ないし。

「ふふ、ありがとうございます」

安堵したようにほほ笑むアルマさんに、俺はまた胸の高鳴りを覚えた。

「では……」

アルマさんは立ち上がり俺の方を向いて軽く手を広げた。そして、穏やかだがどこか妖艶なほほ笑みを浮かべる。

「僭越ながらここから先は、わたくしアルマが誠心誠意ご奉仕させていただきます」

なんだかとんとん拍子に話が進むことに少し感心しながら、俺はゆらりと立ち上がり、吸い寄せられるようにアルマさんへと抱きつくのだった。

3　アルマさんと……

服の上から抱きついたアルマさんは、とても温かくて、柔らかく、ザヌエラとはまた違った抱き心地だった。

うなじの辺りから花の香りのような、いい匂いが漂っているようだった。そして俺は、自分より小さいはずのその女神官に、なぜか全身を包み込まれたように感じていた。

「アルフレッドさま……」

しばらく無言で抱き合ったあと、優しく名を呼ばれた俺は少しだけ抱擁を緩め、彼女を見た。

アルマさんは目を閉じ軽く顎を上げている。

いくら俺が童貞だからって、ここまでされれば彼女の意図はくみ取れる。

俺も目を閉じ、そしてアルマさんと唇を重ねた。

「んっ……！」

唇同士が触れた瞬間、アルマさんがビクンと震えたが、俺のほうも脳に電撃が走るような快感を覚えた。唇同士、つまり粘膜同士の接触によって【聖技】が発動したんだろう。

しかし、ここからどうすればいいんだろう？　最初のキスだし、このまま浅く終わらせたほうがいいのか、それともこのまま舌を……、なんて考えていたら、向こうから舌を入れてきた。

「はむ……んむ……レロぉ……」

俺もそれに応じるように舌を絡めていく。

「ちゅぷ……レロ……」

お互いの舌が絡み合いこすれ合うと、口内に侵入したアルマさんの舌から、甘い蜜のような香りが鼻腔に逆流してきた。その香りに脳髄を刺激されながら、俺は一心不乱にアルマさんの舌を貪(むさぼ)り続けた。

「あむ……レロ……んはぁ……はぁ……」

しばらくキスを続けた俺たちは、どちらからともなく離れた。

頬を上気させ、瞳をわずかに潤ませたアルマさんが、上目遣いに俺をみてくる。

「口づけだけで頭が蕩(とろ)けそうになるなんて、初めての経験ですわ……」

どこか虚ろな視線を向けてそうつぶやいた彼女の姿に、すでに硬くなっていた俺の陰茎の先からじわりと粘液が漏れるのを感じた。

「アルマさん……！」

俺は再びアルマさんを求めた。その唇を、その舌をもう一度貪りたいと迫ったのだが、トンと胸に置かれた手によって制されてしまう。

戸惑う俺を見上げた女神官の口元が、わずかに上がった。

「ふふ、しばらくはわたくしにおまかせくださいませ」

すると彼女はその場に膝をついた。

そして、ガチャガチャと俺のベルトを外すと、ズボンごとパンツを引きずり下ろした。

「あぁ、さすが聖騎士さま……」

ポロンと姿を現した俺の肉棒を前に、アルマさんは嬉しそうにつぶやき、蠱惑的な笑みを浮かべたまま俺を見上げた。男の股間の前で顔を見上げる女神官の姿に、ただでさえカチコチになっている陰茎が、ビクンと脈動して少し膨張したような気がした。

「では、失礼いたします……はむ……」

「うあ……」

温かい口に亀頭が包まれ、俺は思わず声を上げてしまった。

唇がカリの辺りを優しく包み、亀頭の裏側に舌が触れる。

チロチロと動く舌に先端から亀頭の裏を刺激され、俺は思わず腰を引いてしまった。

しかし女神官はそれを逃すまいと顔を前に出し、そのままの勢いで俺のモノをさらに深くくわえ込んだ。亀頭から竿が舌の上を滑っていき、やがて先端は喉の奥に到達した。竿の裏側に舌が絡みつき、亀頭は喉の粘膜に包み込まれ、最初は柔らかかった唇もきゅっと締まり、根元の辺りを刺激してくる。

「んむぅ……じゅぶぶ……」

そしてアルマさんはゆっくりと頭を引き、舌を動かして肉棒全体を舐め回しながら、キュッと絞った唇で竿全体を刺激した。

「じゅぷぷ……んむぅ……。ろぉれふ？　きもひぃいれふか……？」

俺の肉棒を咥えて舐め回しながら、アルマさんが上目遣いに尋ねてきた。

「すごく、気持ちいいです」

絡みつく舌やまとわりつく温かい粘膜もさることながら、上目遣いに俺の様子をうかがうアルマさんの表情やじゅぷじゅぷと漏れる音もエロくてたまらない。

「んふぅ……じゅぷぷ……レロぉ……」

目に満足げな笑みをたたえた女神官さんの攻めが、だんだんと激しくなってくる。より舌の動きが激しくなり、意図的に動かしているのか、亀頭を刺激する喉の絡みつきも増してきた。

そして頭を前後に動かすスピードが上がったせいで、唇によってしごかれる竿への刺激も高まってきた。

「アルマさん、もう……」

思わず漏れたギブアップの声に、女神官さんは満足げな笑みを目に浮かべ、動きはさらに激しさを増した。

「じゅぷじゅぷ……じゅるるぅ……レロレロぉ」

そして限界を迎えた俺は、思わずアルマさんの頭を押さえ、腰を突き出してしまった。

「んむー!?」

「うぁっ……!!」

ドビュルルッ!!　ビュルルッ!!

俺は彼女の喉の奥にたっぷりと精液を放出した。

「んぐぅ!?　んんっ……こく……んぐ……」

「あぁっ!?　ごめんなさい……!!」

こくこくと喉を鳴らして俺の精液を飲むアルマさんの姿に、ふと我に返った俺は慌てて腰を引いた。

「んはぁっ……!!　けほっ……あんっ……」

引き抜かれた俺の肉棒はまだ射精を終えておらず、ビクンビクンと震えては精液をビュッビュッと出し、それがアルマさんの顔や神官服にかかる。さらに、突然抜いたせいでまだ彼女の口内に残っていた精液が口から漏れ、それもまた神官服の胸元を汚すのだった。

「す、すいません、アルマさん……」

「けほっ……はぁ……はぁ……んくっ……………ふぅ……」

わずかに残っていた口内の精液を飲み干したあと、アルマさんは俺のほうをみてほほ笑みながら、気にするなとでも言うような表情で首を振ってくれた。

「ふふ、汚れてしまいましたわね……」

どこか誘うような笑みを浮かべたアルマさんは、その場ですっと立ち上がると、背中に手を回してなにやらもぞもぞし始めた。射精後の脱力感を覚える中、俺がぼんやりとその様子を見ていると、突然神官服がはらりと落ち、アルマさんは下着姿となった。

上にはキャミソールを着ており、その下にブラジャーがうっすらと透けて見える。

キャミソールはおへそが少し見えるぐらいの丈だったので、パンツはしっかりと見えており、上下とも色は白だった。特に装飾のないシンプルなデザインだが、どうやらこの世界にはゴム、あるいはそれに近いものがあるらしい。

透けて見えるブラジャーも、元の世界のものをシンプルにした感じだろうか。

アルマさんはさらにキャミソールも脱ぎ捨て、ブラジャーとパンツだけの姿になった。

抱きしめた感触からなんとなくわかっていたが、アルマさんはかなりグラマーな体型だった。

シンプルなデザインのブラジャーに収まった、胸は多分ザヌエラより大きく、Gカップぐらいありそうだ。身体全体の肉付きもよく、腕や太ももなんかはムチムチしており、それがあの素晴らしい抱き心地――いや、抱かれ心地につながるのだろう。

女神官さんが自分の背中に手を回す。妖艶な笑みを浮かべ、俺を見つめたまま……。

俺は自然と自分のシャツに手をかけボタンを外していった。シャツのボタンが半分ほど外れたところで、向こうもホックが外れたのか、ブラジャーがはらりと落ちた。

「っ……！」

戒めをとかれた豊満な乳房がたゆんと揺れ、俺は思わず息を呑んでしまった。

張りのある白い乳房の先端には、少しだけ黒ずんだ乳首がピンと立っていた。

ボタンをすべて外してシャツを脱ごうとしたが、汗で貼りついて上手く脱げない。

「ぐ……、くそっ……!!」

絡みついた袖を取り払うべく焦(じ)れたように腕を振るう俺の姿を、相変わらずアルマさんはうっすらと笑みを浮かべて見ていた。そしてシャツが脱げるのとタイミングをあわせたように、彼女はパンツに手をかけて、するりとおろした。

そして一糸まとわぬ下半身に、髪の毛と同じ深い紫の恥毛が姿を現す。

さらにパンツを引き下ろすと、少し癖のある濃い恥毛の陰から、薄褐色の肉襞(にくひだ)が顔を覗かせた。

「あ……」

その肉襞とクロッチの間に、ドロリと数本の糸が引かれるのが目に飛び込んできて、俺は思わず声を漏らしてしまった。アルマさんがパンツを脱ぐ様子を見ながら、俺も中途半端に脱がされたパンツとズボンを脱ぎ、ふたりはほぼ同時に全裸となった。

彼女の股間から内ももにかけてつーっと透明の液体が垂れ落ちるのを見た瞬間、射精して間もない俺の陰茎にドクドクと血が流れ込んでいくのが感じられた。

アルマさんは笑みをたたえたままベッドに深く腰掛けると、そのまま少し後ろに下がった。そしてベッドの上に尻を着き膝を抱えるような格好で座ったあと、ゆっくりと足を開いていった。

開かれた脚の向こうから、秘部が顔を出した。ぱっくりと開いた割れ目の内側にある薄褐色の肉襞は充分に濡れそぼち、そのさらに内側にはヒクヒクと男を誘うピンク色の粘膜が蠢(うごめ)いていた。

「さぁ、アルフレッドさま……、お情けを……」

室内に漂い始めたツンと香る甘酸っぱい匂いに鼻腔を刺激された俺は、その匂いに誘われるようにベッドへと膝を乗せ、そのまま進んでアルマさんに覆い被さった。

「はぁ……はぁ……アルフレッドさまぁ……はやく……」

胸に彼女の荒い息がかかる。軽く腰と突き出すと、亀頭が肉襞に触れた。

「んはぁっ!!」

軽く触れただけなのに、アルマさんは嬌声をあげてビクンと背を仰け反らせた。

わずかに触れた熱い粘膜が、まるで彼女の思いに応えるように、じわじわと絡みついてくる。

「んぅ……きてぇ……」

視線を落とすと、そこには切なげに俺を求める女の顔があった。俺はその求めに応じるべく、女神官さんの膣肉をかき分けるように、ズブズブと陰茎を沈めていった。

「くっ……きつ……」

最初は柔らかく俺を包み込んでいた粘膜だったが、徐々に締め付けがきつくなっていった。

充分に濡れ、ほぐれたはずの膣道が、まるで俺の侵入を拒むように狭くなっているのだ。

「んぐぅ……ふぅ……」

ふと視線を落とすと、アルマさんが少しつらそうにしている。

「アルマさん……？」

俺の問いかけに対し、アルマさんは目にうっすらと涙を溜めながら、にっこりとほほ笑んだ。

それはさっきまでの蠱惑的なものではなく、優しい笑顔だった。

「大丈夫……そのまま、奥まで……」

ここまできて止めるわけにもいかないので、俺は覚悟を決めて腰を押し進めた。

「んぎぃ……」

アルマさんの顔が再び苦痛に歪み、彼女は俺にしがみついてきた。

それによって身体同士が密着し、間に挟まれた大きな乳房がむにゅりと形を変える。

汗ばんだ肌の感触と、ダイレクトに伝わるアルマさんの体温に言い知れぬ心地よさを感じながら俺はさらに肉棒を奥へと進めていく。

みちみちと音がしそうなほどの抵抗を受けながら、俺はゆっくりとアルマさんの中を進んだ。

「ひぎぃっ……!!」

「うぁっ」

しがみついていたアルマさんが突然俺の背中に爪を立てた。

あまり痛くはなかったけど驚いた俺は一気に腰を進めてしまった。

「ぎぃ……んぅ……はぁ……はぁ……」

なんとか奥まで入ったけど、アルマさんはまだすこしつらそうだ。

「あの、アルマさん……もしかして……」

そこまで口にしたところで、俺の言いたいことを察したのか、彼女は軽くほほ笑んで首を横に振った。

「大丈夫です……。久しぶりだったもので……。でも、もうお好きに動いてくださって結構ですよ？」

そうは言うけど、どうみてもつらそうなんだよな……。あ、そうだ!!

「んぅ……アルフレッド、さま……？」

俺はそっとアルマさんのお腹に手を置いた。

「あぁ……」

アルマさんの表情から険がとれ、穏やかになっていく。

そして膣内の締め付けも緩くなり、ただ力任せに握られていたような感覚から、柔らかく包み込まれるような感触に変わった。

「アルフレッドさま……なにを……？」

「ふふ。魔法ですよ」

そう、俺は【光魔法】の使い手だからね。彼女の痛みを取り除くイメージで魔力を流してみたけど、どうやらうまくいったようだった。

「お優しいんですね……」

「そんなんじゃないですよ。俺が気持ちよくなりたいだけです」

「うふふ……。やっぱりお優し——んぁうぅっ!!」

なんだかすべてお見通しな感じが少しだけ気に障ったので、素早く腰を引いて突き上げてみた。

「むぅ、いじわるですね」

突然突き上げられたことに、アルマさんが少しだけむくれる。ちょっと可愛いかも……。

「だから言ったでしょ、優しくないって」

「ふふ……素敵……。じゃあ、もっといじわるしてください」

「ええ、いくらでもっ」

「んっんっんっんあああぁぁぁっ!!」

俺を柔らかく包み込むようになった女神官さんの膣を、容赦なく突きまくる。

最初はちょっとした意地悪のつもりだったが、ねっとりまとわりつく粘膜の刺激のせいで腰の動きが止まらなくなってしまった。

「あああぁっ! もっとぉ……! アルフレッドさまぁ!!」

俺にしがみついたアルマさんの身体が仰け反る。ヌチュヌチュと俺に絡みついていた粘膜が、より密度を高めてまとわりついてくるように感じられた。

そして徐々にアルマさんの膣が締まりだす。

「ああっ! だめぇっ……! 久しぶりなのにっ……もうっ……」

ぎゅうっと肉棒を締め上げるアルマさんの膣だが、最初のキツさとはちがって俺を気持ちよくさせようという意思が伝わってくるようだった。

ねっとりと陰茎に絡みつきながら、奥へ奥へと俺を誘うようで、その流れに乗って中へと進めば亀頭を、そして肉棒を根元まで包み込むような柔らかな刺激を受け、逆らうように腰を引くと、それはそれで引っ張られるような強い刺激を受ける。

「んうううぅっ、だめぇ、もうイクぅ！」

膣の締まりがさらにキツくなるが、フェラで一度出した俺には少し余裕があった。

「あっあっあっあっ！　いやっ、一緒にっ！　アルフレッドさまっ、一緒にぃっ!!」

全身に汗を浮かべてよがる女神官さんが、縋るような視線を俺に向けながら懇願すると、まだ余裕があった俺に突然限界が訪れる。

なるほど、聖技の効果によってアルマさんの想いが俺にフィードバックされたのか。

「あはあぁぁっ！　イクイクイクっ！　イっちゃうっっ!!」

「アルマさん、俺も……!!」

「ああん！　一緒にぃ!!　アルフレッドさまぁ、そのまま膣内にぃっ……!!」

「うぁっ……!!」

ビュルルッ!!　ビュクン！　ビュクン……！

大きく身体を仰け反らせたアルマさんの一番深いところで、俺は精液を解き放った。

陰茎の脈動とともに何度も射出される精液だが、二発目だというのにその量も勢いも衰えることがない。これもまた聖技の効果だろう。

「はぁ……はぁ……アルフレッド、さまぁ…………んぅっ……！」

虚ろな目を俺に向けていたアルマさんは、俺が腰を引いて肉棒を抜くとわずかに身じろぎし、短く喘いだ。ぬるんと肉棒が少し押し出されるようなかたちで抜けると、だらしなく開いた女神官さんの穴から白濁した粘液がドロリと流れ出た。

「ん……んはぁ……」

膣口はアルマさんの呼吸に合わせるようにゆっくりと蠢き、膣内の精液を断続的に吐き出している。ぐったりとしたまましばらく休憩したあと、アルマさんはゆっくりと身を起こした。

「アルフレッドさま、使命は果たされましたでしょうか？」

「え？　あ、はい」

使命――つまり子作りという意味で言えば、聖騎士は一度の膣内射精でかならず相手を妊娠させる効果があるからな。

「さようでございますか……」

アルマさんは少し残念そうにそう言ったあと、前のめりに俺へと近づいてきた。

「アルフレッドさま、申し訳ございません」

謝罪の言葉とは裏腹に、女神官は妖しくほほ笑み、俺の肩をトンと押した。

「うわっ……」

俺は不意打ちを食らったようによろめき、バランスを崩して仰向けに倒れた。

そして軽く頭を起こすと、俺の上にまたがるアルマさんの姿が見えた。

「使命とは関わりなく、ただ聖器を欲する淫らな神官をお許しくださいませ」

そのセリフと、そして淫らな表情のせいか、聖器——すなわち性器がギンッ！　と硬くなり、先端に温かいものが触れる。

「んぅぅぅっ……!!」

その穴はすぐに俺の聖器をぞぶりと根元まで咥え込んだ。

「はんっ、んぅっ、あっあっ!!」

俺にまたがったアルマさんが、妖艶な笑みを口元に残したまま、身体を上下に動かして肉棒を刺激する。さっきとはまた少し異なる刺激を受けるが、騎乗位は相手任せなぶん、少しもどかしくもあった。

「はっ、あっあっあっ……どう、ですか……アルフレッド、さまぁ……」

ずちゅずちゅと音を立てながら腰を上下させるたび、アルマさんの大きな乳房が動きに合わせてぶるんぶるんと揺れる。彼女の動きに一拍遅れて揺れるおっぱいの動きに目を奪われていたのだが、それに気付いたのか、アルマさんは少し前傾姿勢をとってくれた。

「んっんっ、んふぅ……よろしければ……どうぞ……」

目の前で大きく揺れるふたつの房に手を伸ばし、俺はそれを優しく揉みしだいた。

「あんっ……」

そういえば、前戯もなしにいきなり挿入したことを思い出し、埋め合わせというわけではないが俺は少し身体を起こし、少し色の濃い乳首に舌を伸ばした。

「んんんんっ！」

片方の乳首は指でコリコリと触りながら、もう一方の乳首を舌でチロチロと舐める。

「んふううぅぅぅ……おっぱい、もっとぉ……！」

それがいい刺激になったのか、彼女の腰の動きが激しくなり、膣がキュッと締まる。

そして、ただ上下に動いていたアルマさんの腰が、前後や左右など複雑に動き始めた。

突かれて気持ちいいポイントを探しているような動きだが、その動きの変化に刺激された俺は、思ったより早く限界を迎えそうだった。

「んああっ！　おっぱいと、あそこ……一緒に攻められたら、わたくし……もう……！」

俺は無言のままひたすら乳首を舐め続け、女神官の絶頂を早めるべく努めた。

「あっあっ、だめっ！　腰、とまらないぃぃっ……!!」

アルマさんの動きがさらに激しさを増す。ブルンブルンと揺れる大きな乳房は俺の手からこぼれ落ちそうになるが、それを逃がさないように摑みながら、乳首を刺激し続ける。

「あああああっイクウウウウゥぅぅっ!!」

腰の動きを止めるとともに身体を硬直させたアルマさんの膣が、最後にギュッと締まった。

ドビュルルッ！　ビュルリッ!!　ビュクンッ……！

乳首を咥えたまま、俺は搾り取られるようなかたちで射精した。

「んんっ……聖騎士さまの、熱いのが……お腹にたくさん」

相変わらずの勢いと量を誇る俺の精液は、やがてアルマさんの中に収まりきらなくなったのか、接合部からじわりじわりと漏れ出してきた。射精が一段落ついたところでアルマさんの胸から手を離すと、彼女はぐったりと俺の身体に身を預けてきた。

「はぁ……はぁ……」

ぴったりとくっついた肌から、彼女の熱と、荒い呼吸と、そしてトクトクと速い鼓動が伝わってくる。そんなアルマさんが愛おしくなり、俺は彼女の背中に腕を回してぎゅっと抱きしめた。

「んふぅ……アルフレッドさまぁ……」

すると女神官さんは俺を求めるように舌を伸ばしてくる。

「アルマさん……レロ……」

「れろぉ……ちゅぷ、んむぅ……」

俺はアルマさんの求めに応じるように舌を伸ばし、そして舌同士を絡め合ったあとで唇を重ね、お互いの口内をまさぐりあった。

そうこうしているうちに膣内に入れっぱなしだった肉棒がムクムクと大きくなる。

こうなるともう言葉は要らないだろう。

俺はアルマさんを抱きしめたまま身体を起こし、対面座位の姿勢をとった。

「んむっ！　んっんっんっんっ！」

互いに舌を絡め合い、抱きしめあいながら、俺は腰を突き上げ、淫らな女神官さんはそれに合わせてわずかに腰を上下させた。狭い室内にずっちゅずっちゅと粘膜同士の擦れ合う音が響く。

結局俺とアルマさんは朝までやりまくった。

4　加護と使命

明け方近くまでとにかくやりまくった俺とアルマさんだったが、結局アルマさんが力尽きる形で眠ってしまった。

俺の方は全然元気だったけど、アルマさんが眠った後はピクリとも反応しなくなったよ。

やはり、女性の側にその気がなくなると、こちらも反応しなくなるらしい。

例のごとく二人ともいろんな体液まみれになってたわけだけど、さすがに起きた時に身体はベッタベタで部屋中エロい匂いムンムンってのもアレなんで、寝る前に『聖浄』をかけておいた。

おかげで身体もベッドもさらっさらになった。

ついでに俺とアルマさんの下着も『聖浄』で綺麗にしておいた。

昼過ぎ、アルマさんが起きたのを何となく感じ、俺も目覚めた。

「ふぁ……。アルフレッドさま……おはようございます……」

そう言いながら、アルマさんがゆっくりと身体を起こす。

身を起こしたことで彼女にかかっていたシーツがはらりとめくれた。

「あら……」

豊満で形のいい乳房が露わになり、アルマさんは少しだけはにかむようにほほ笑んだが、特に胸を隠そうとはしなかった。

窓から射し込む陽光を受けて輝くような白い肌と、明るいとこで見る見事なおっぱい、そして少しだけ照れたような、それでいてどこか余裕のある笑みを浮かべた女神官さんはそこはかとなくエロくて、そんな光景を目にした日には寝起きの生理現象も相まって、俺のイチモツもフルボッ……ってあれ？　たしか寝起き直後はいつもの生理現象で元気だった肉棒が、なんかシオシオと張りを失っていくんですけど……？

「あ……」

そうやってしおれていくイチモツを見ていたら、突然アルマさんが驚いたような声を上げた。

勃たないアレは後回しにして彼女のほうに目を向けてみると、なんだか呆然とした表情だ。

「あの、アルマさん？」

しかしアルマさんは俺の問いかけに気付かない様子で、自分のお腹を優しくさすり始めた。

「あぁ……」

アルマさんの目から涙がこぼれる。

そして漏れ出た声とその表情には、わずかながら歓喜が感じられた。

「アルフレッド……さま……」

涙を流し、口元を震わせながら、アルマさんが俺の方を向いた。

「アルマさん、どうし――」

「アルフレッドさまっ!!」

俺の問いかけが終わる前に、アルマさんが勢いよく抱きついてきた。お互いにまだ全裸の状態なので、スベスベとした肌の感触や、寝起きでぽかぽかとしている体温が伝わってくる。

「うあああっ、アルフレッドさまあぁぁ……」

俺に抱きついたアルマさんは、堰が切れたように泣き始めた。

「うぐっ……ひっくっ……アルフレッド、さまっ……ありがとうっ……ふぐぅっ……ございます……うううぅぅ……」

いまいち事態を飲み込めない俺は、とにかく彼女をぐっと抱き寄せたあと、ぎこちない手つきかもしれないけど、できるだけ優しく頭を撫でてあげた。

「取り乱してしまい申し訳ありませんでした……」

ベッドに座ったアルマさんが申し訳なさそうに小さくなっている。

あのあとアルマさんは十分以上泣き続けた。そしてある程度落ち着いたところで、俺たちはベッドの上に並んで座り直し、壁にもたれかかった。

服を着るのは面倒だったので、二人でシーツを被ることにした。

お互い裸は見えなくなったけどシーツの中は全裸なので、密着した柔らかい肌からアルマさんのぬくもりやちょっとした重みを感じることができて、俺は少し穏やかな気分になっていた。

アルマさんも同じ安らぎを得られていればいいんだけど……。

並んで座り、お互い身を寄せ合ってからしばらく無言の時間が続いた。

それはとても居心地のいい時間だったのだが、不意にアルマさんが口を開いた。

「アルフレッドさま、少し昔話をしてもいいでしょうか？」

そして俺の返事を待たずに、彼女は静かに語り始めた。

「わたくしには夫と子供がおりました」

いきなりの爆弾発言に思わず息を呑んでしまう。声を出さなかっただけでも偉いよ、俺。

でもそんな俺のうろたえっぷりはバレバレだったらしく、ふと視線をやると、アルマさんは自嘲気味な笑顔を俺に向けていた。

「ごめんなさい。わたくしのような年増の経産婦が聖騎士さまの初めてをいただいてしまって」

「い、いえ、そんな……。でも、よかったんですか？　その、旦那さんとお子さんに……」

「もう、随分昔に亡くなっておりますから」

「あ……すいません」

ここで神官をしている時点で色々あったってことぐらいわかりそうなもんだろ、俺の馬鹿。

ただアルマさんは特に気にした様子もなく語り続けた。

「夫と息子はどちらも先の戦争で亡くなりました。当時まだ若かったわたくしは、別の男性との子を産むよう命じられました」

「そんな……」

「ふふ。そんな顔なさらないで。当時は誰もが、それこそ人類の存亡をかけて戦っておりましたから、優秀な男性との子を産むというのは女の使命だったのですよ」

なんというか、平和な日本では考えられない話だな。

「もちろん夫以外の男性と関係を持ち、子供を宿すということに抵抗がなかったと言えば嘘になります。でも、それ以上に当時は使命感のほうが強かったですね。でもわたくしには子供を産むことができなかった……」

アルマさんが悲しそうに目を伏せる……。

「夫との子を産んだとき、わたくしは一時危篤状態になったという経緯があり、その時に子を成す器官に異常をきたしたのではないかと言われました」

この世界には魔法があるから、大抵の怪我や病気は治すことができる。ただし、優秀な回復魔法の使い手がいれば、の話だが。

「当時は戦争もかなり激しくなっておりましたから、優秀な魔道士の方々はみな前線に近い場所におられたんですね。なので、わたくしを治せる方はおらず、子を産むことを諦め、少しでもみなさまのお役に立ちたいと思ったわたくしは、豊穣神さまに仕える神官になったのです」

なぜたくさんいる神々の中から豊穣神を選んだのか、という理由については訊ねなかった。子供を産めなくなったアルマさんが、子作りを司ると言っても過言ではないザヌエラに仕える……。他人には計り知れない想いがあるのだろう。

「わたくしはこの先も、豊穣神の加護を求める方々のお世話をしながら年老いていき、最期はひとりで死んでいくのだと思っておりました。その覚悟もできておりました。でも……」

そこで言葉を区切ったアルマさんは、俺のほうを見て表情をあらためた。

収まっていた涙が再び溢れだし、アルマさんの頬を伝う。

「アルフレッドさま。わたくし、妊娠しました」

彼女が流した涙の理由がそれだった。俺は自然にアルマさんを抱き寄せていた。彼女もされるがまま身を預け、そして互いに優しく抱き合った。

触れ合った肌と肌を通じて、互いの温もりと、穏やかな心音が伝わる。

「アルマさん、ありがとう」

そして俺は、俺の子を宿してくれた女性に対して、自然と感謝の言葉を告げるのだった。

別にアルマさんは子供が欲しくて俺と関係を持ったわけじゃなかった。豊穣神の神官として、まずは自分が範を示すべきだろうとの想いから、俺と寝てくれたのだった。

長年縁遠かったセックスを楽しみたかったという思いがなかったわけではないが、子供に関してはあまり期待していなかったらしい。

戦争が終わったあと、優秀な魔道士の数は激減し、命にかかわるような怪我や病気以外での治療は受けられなくなった。しかしアルマさんの献身的な活動が認められ、王都の神殿に呼ばれることになった。そのときに、高位の司祭に診てもらったのだとか。

しかし身体を壊してからの時間が長すぎたせいか、現存する魔法ではどうしようもないという診断がくだされた。

しかし、加護の力はそんなアルマさんの身体をあっさりと治してしまい、あまつさえ即時に妊娠させてしまったのだった。正確にはまだ受精の段階だが、聖騎士の受精卵をお腹に宿した時点で、本人には何となく分かるようになっているらしい。

普通は一晩で受精するなんてこともないらしいんだけど、そのあたりは聖騎士の能力によるところが大きいんだろう。たしかザヌエラからそんな説明を受けたと思う。

穏やかな笑みを浮かべて自分のお腹をさするアルマさんを見ていると、聖騎士として生まれ変わって本当に良かったと、俺は心底そう思えたのだった。

「アルフレッドさま……」

しかし、ふとアルマさんの表情が曇った。

「どうしました？」

「わたくし……この子をちゃんと産んであげられるでしょうか？」

「大丈夫ですよ」

「でも……わたくしももう三十近い歳です。そんな年増女が、大切な聖騎士さまの子をちゃんと産めるのかどうか……」

　この町には安全な出産の手伝いができるような魔道士はおらず、出産は昔ながらの産婆さん頼みになるのだとか。普通に考えればアルマさんが不安になるのはわかる。でも。

「大丈夫です。ザヌエラの加護があります」

「豊穣神の……」

「はい。だからアルマさんは、どんなことがあっても元気な男の子を産むんです」

「元気な……男の子……」

「そうです。アルマさんによく似た、ヒューマンの男の子が産まれるんです。きっと男前になりますよ。だから何も心配しないで、ただご自身と、お腹の子供が幸せになることだけを考えていればいいんです」

「お腹の子の……幸せ……うぅ……」

　アルマさんは再び肩を震わせて、泣き始めた。

「幸せになっても、いいんでしょうか……？」

「もちろん」

「夫と息子を戦争で死なせ、新たな子供を産むことなく、ただ漫然と生きてきたわたくしなどが、幸せになってもいいのでしょうか？」

「月並みな言い方かもしれませんが、亡くなった旦那さんや息子さんの分まで、幸せにならなくちゃいけないんじゃないですか？」

「夫と、息子の分まで……」

「それに、アルマさんが幸せじゃないと、産まれてくる子も幸せになれないじゃないですか」

「あぁ……」

アルマさんの顔がくしゃりと歪み、涙がボロボロと溢れ出した。

「出会った女性を幸せにするのが聖騎士の役目ですからね。大丈夫。なにがあっても、俺がいますから」

「うぅ……アルフレッドさまぁっ!!」

飛びついてきた泣き虫の女神官さんを、俺はしっかりと抱きとめた。

そう。この人を幸せにするのは、聖騎士である俺の使命だ。

「アルフレッドさま……」

縋るように俺を見上げるアルマさんの頬に手をやり、とめどなく流れる涙を俺は優しく拭った。

そして俺は彼女に顔を近づけ、そのままキスをした。

それは唇同士を重ねるだけの、浅い口づけだった。

「これは……？」

「ルイボスティーです。その、妊婦さんに優しいお茶だとかで……」

あのあとある程度アルマさんが落ち着くのを待ってから、俺たちは服を着て、昨日と同じように俺が椅子に、アルマさんはベッドに座った。俺は聖騎士だから元気なんだけど、アルマさんのほうは朝までやった影響か、かなりお疲れのようだったので、俺がお茶を用意した。

自分用には例のごとくコーヒーを出したが、妊婦である彼女にカフェインはよくないだろうと思い、選んだのがルイボスティーだった。

〝妊婦さんの身体にいい飲み物はないかな？〟と思ったらなんとなくルイボスティーが思い浮かんだので、もしかするとザヌエラが何かしら知識を授けてくれたのかも知れない。

【収納庫（ストレージ）】には調味料一式の他に紅茶や煎茶、ウーロン茶なんかのティーバッグをかなりの種類入れてくれているので、今後も活用させてもらおう。

「あ、優しい味……」

ルイボスティーを一口飲んだアルマさんは、そう言ってほほ笑んだ。

「さて、子育てどうしましょうね」

お茶を飲んでさらに落ち着いたところで、俺のほうから切り出した。

正直に言うと、アルマさんとやる前はただただセックスのことしか頭になかったけど、彼女から妊娠を告げられたとき、当たり前だけど〝やればできる〟ということを実感させられた。

自分が父親になるだなんて前世では一ミリも考えたことはなかったけど、いざ実感してみると、それは自然と受け入れられることだった。

これもやっぱりザヌエラの加護の影響なんだろうか。

「子育て、ですか？」

「はい。俺はその子の父親になるわけですから」

「でもアルフレッドさまはこの先使命のために世界中を回らねばなりませんよね？」

「そうなんですよね」

そう。俺は世界中の女性との間に子供を作らなければならない。この世界の人間が前の世界のように単一の種族であればここを基点に再生を試みるというのも手だっただろう。

でもこの世界には、前の世界の人間に近いヒューマンという種族の他に、エルフやドワーフ、ハーフリングに獣人、魔族等々多種多様な種族が存在するのだ。

この町にすべての種族がいるわけではないので、できるだけ多くの種族を再生させるために、世界中に散らばっているいろんな種族の女性と子作りをする必要があるわけだ。

つまり、この町にとどまってのんびりと子育てをしているヒマはない。

「でも、お腹の子の父親が俺である以上、ただ種をまいてそれで終わりというわけにはいかないと思うんですよね」

「うふふ……。ありがとうございます。そのお気遣いだけで充分ですよ」

アルマさんがにっこりとほほ笑んだ。それはこれまでに見たことのないような慈愛に満ちたもので、俺は少しだけ胸がドキリとするのを感じた。しかし彼女の顔からはすぐに笑顔が消え、とても真剣な表情になった。

「……と言いたいところですが、やはりアルフレッドさまにお力になっていただけるというのはとてもありがたいことです」

「ええ。できることなら何でもお手伝いします。ただ、俺には子育ての経験がないので役に立てるかどうか自信はありませんが……」

「いえ、先ほども申しましたが、アルフレッドさまは世界中を旅するご予定がありますので、直接何かお手伝い願うというのは難しいと思うのです」

そこまで言うと、アルマさんは少しうつむき加減になり、申し訳なさそうな表情で俺に上目遣いの視線を向けてきた。

「それで……、その、大変申し上げにくいのですが……、寄付などをしていただけないかと」

「寄付、ですか？」

「はい。下世話な話で申し訳ないのですが、やはり子育てにはどうしてもお金がかかります。物をそろえるのにも必要ですが、例えばお金に余裕があれば、給金を出して人を雇うということもできますので……」

「寄付……寄付か……。そうだ！」

商業神からの援助だかで支度金として預かってた一〇〇万Gだけど、たしか神殿で寄付しろとかそんなようなことを言われていたはずだ。

「あの、アルフレッドさま？」

「すいません、アルマさん。ちょっとザヌエラのところに行ってきます！」

それだけを言い残し、俺は部屋を飛び出して礼拝堂へ向かった。

（おーい、ザヌエラー！）

礼拝堂に着いた俺は、そのまま女神像の前に立ち、心の中で呼びかけた。

《なんだい？》

すぐに返事があった。昨日聞いたとおり、ここでならいつでもザヌエラと話せるみたいだ。

（預かってたお金、寄付したいんだけど、どうすればいい？）

《あは、やっと来たかー。じゃあね、その女神像に触れて〝寄付する〟って念じてみて》

（えーと、〝寄付する〟っと。お？　なんか出てきた）

なにか金額を指定するような画面、といえばいいのかな。そういう表示が、頭の中に思い浮かんできた。いくら寄付するかをここで決められるんだろう。

（なぁ、ザヌエラ、こっちの物価ってどんなもん？）

《地域や物によって差はあるけど、一G＝一円ぐらいで考えていいよー》
（いや、だったら一〇〇万じゃ全然少なくないか？）
《そうだねぇ。ニホンみたいにバカ高い教育費なんかは必要ないからひとり育てるのに何千万ってことはないけど、全然足りないのは確かだね。まぁ預けた一〇〇万Gはあくまで支度金みたいなものだから》
（この先商業神からの援助は？）
《多少の支援はあるかもしれないけど、今回みたいに現金支給というのはないね。その一〇〇万だって、あのけちんぼから引き出すのにかなり頑張ったんだからね？》
（そっか、ありがとう）
《じゃあ金額を設定して寄付を実行してね。あ、言っとくけど――》
（とりあえず全額で）
《――って、話は最後まで聞けー!!》
（……ん、なんかまずった？）
《あのねぇ……。一度寄付したら返せないよって言おうとしたの！》
（まぁ、寄付ってそんなもんだし。別にいいけど……）
《だからって、全額寄付する奴があるかー！》
（いや、でも全然足りないんだから、とりあえず一Gでも多くと思って……）

《いや、その考えは嬉しいんだけどさぁ。ボク、あのお金は支度金って言ったよね？》

（うん。子育ての）

《ちーがーうー！　君のだよ、き・み・のっ!!》

（俺……？）

《……君、当面の生活費はどうするんだい？》

「あ……」

思わず声が漏れた……。

（あの……、ちょっとだけ返して……）

《だーかーらぁー！　返せないって言っただろ!!》

「おぅ……」

どうしよう……。おもわず俺は膝をついてしまった。

「あの、アルフレッドさま、どうかされましたか？」

声のするほうに目を向けると、アルマさんが壁により掛かってこちらを見ていた。そして心配そうな表情を浮かべて歩いてくるのだが、朝まで頑張ったせいか少し足下がおぼつかないようだ。

「あっ……！」

そんな状態で歩くものだから、アルマさんは一ミリもないような床の継ぎ目にできた段差につまずいてしまった。

「おっとぉ……」

慌てて駆け寄り、ふわりとアルマさんを抱きとめる。腕にかかる柔らかな重みと、抱きとめた瞬間に広がった花のような香りに、一瞬頭がクラッときた。

「無理しないでくださいよ。大事な身体なんですから」

「は……はい……」

アルマさんの頬がぽおっと赤くなった。俺もちょっと照れくさいよ……。

「あの、アルフレッドさま、どうかされましたか？」

「ああ、いえいえ。実は商業神から寄付金として一〇〇万G預かっておりましてね。それを今しがた寄付したところなんです」

「まぁ！　それはどうも、ありがとうございます」

「いえいえ。たいした額じゃありませんけど、この先もじゃんじゃん稼いで寄付しますから」

あ、でもどうやって届ければいいんだ？

《そこは心配しなくていいよー。ボクの神殿に寄付されたお金は各地の神殿で共有されるから》

（おお、便利！）

《まぁ、一文無しからのスタートっていうのは大変だけど、頑張って稼いでよ》

（おう……）

ま、魔物の素材とかあるし、なんとかなるだろ。

「じゃあ、アルマさんは奥で休んでてくださいね」

「え？　きゃっ……」

俺はアルマさんをお姫様抱っこし、寝室へと向かった。そのあいだ照れ屋な女神官さんは俺の胸に頭を預けて真っ赤になってたよ。

5　宿屋『猫の額』

「あ、そうだ。魔物の素材とか買ってもらえるとこあります？」

アルマさんを寝室に運んでベッドに横たえたあと、俺は彼女に問いかけた。

当たり前の話だが、俺は父親になる。父親になるからには稼がなくてはならない。

各地を放浪しつつ稼ぐなら、異世界モノによくある『冒険者』とか『ハンター』みたいなのがいいと思うんだ。

あ、ちなみに調味料を売ったり、美味(うま)い料理作ったりして楽に稼げんじゃね？　と思ったんだけど、あれは俺が使用する場合にのみ使えるもので、知り合いに振る舞う程度なら問題ないけど、商売はできないようになってるんだと。

商業神の誓約があって、あの調味料類が関わったものに関しては値段がつけられないようになってるらしい。貨幣がないからこそ出来る仕様だな。

「そうですね……。大きい町ですと冒険者ギルドや商人ギルドがまとめて買い取ってくれるのですが、この町には残念ながらギルドがないのです。ですので、お店や職人さんに直接買い取ってもらうか、たまに来られる行商人の方に買い取りや委託販売を依頼する、という形になりますでしょうか」

「なるほど」

そういえばエイミーちゃんもたくさん獲物を持ってたけど、あれどうするんだろ？

そのあたり、ちょっと訊いておけばよかったなぁ……。

まあでもよその町とはいえ、冒険者ギルドがあるのがわかったってのは嬉しいな。

やっぱ異世界に来たからには登録したいよな。

「たしか行商人の方が数日前に広場で市を開いていたのですが、もしかするとまだ宿にいらっしゃるかもしれませんね」

「ひょっとして、この町で狩りをする人ってその行商人に獲物を卸したりしますか？」

「ほとんどの方はそうされているかと」

じゃあ、もしかしたらエイミーちゃんにまた会えるかも！

「ふふ。アルフレッドさま、なんだか嬉しそうですわね？」

「あー、いえ」

「宿に会いたい人でもいらっしゃるのですか？」

「へっ？」

アルマさんがちょっといたずらっぽい笑みを俺に向けてくる。女の勘、恐るべし……。

ただ、そこに嫉妬の感情が見て取れないのは、加護の効果なのだろうか。

「わたくしでしたらもう大丈夫ですから。今までもひとりでしたし、妊娠したおかげで加護があります。それに信者さんもいろいろ良くしてくださいますので。ですから、わたくしのことはご心配なく」

「そうですか……。じゃあ、アルマさんお元気で」

「はい。アルフレッドさまこそ」

早くエイミーちゃんに会いたいっていう気持ちはあるけど、このままアルマさんと別れるのはちょっと名残惜しいっていう気持ちもあるんだよな……。でも、ずっとここにいても何も進まないし、いまはとにかくいろんなところに行っていろんな人に会わないとな。

「まぁ当分はこの町にいますから、時々顔を出しますよ」

「はい。お待ちしております」

アルマさんに道順を教わり、俺は宿屋『猫の額』を訪れた。

宿屋と言ってもこの町に外からの来訪者はほとんどおらず、宿屋として利用するのはたまに来る行商人ぐらいらしいけど。じゃあどうやって営業が成り立っているかというと、実は賃貸アパートみたいな感じで、長期間の部屋貸しをしているんだと。

街なかには空き家もたくさんあるのに何で？　って思うけど、例の邪神戦争のせいで若い男性が減り、女性の一人暮らしや、女性だけ、女性と老人子供だけって感じの家族がかなりいる。で、一戸建ての家って、実は管理がけっこう大変なんだ。なので、意外と貸し部屋の需要は高い。

「いらっしゃいニャ」

（ケ……ケモミミだとぉ!?）

俺を出迎えてくれたのは、頭から猫耳を生やした女性だった。

（しかも、今〝ニャ〟って……）

「おや、見ない顔ニャ。しかも男とは珍しいニャ」

猫耳の受付嬢は興味津々といった顔で俺を見てきた。

猫耳に気を取られてたけど、けっこう可愛いぞ、この娘。

「何の用ニャ？　宿泊かニャ？」

「あの、えっと……ここに行商人の方がいらっしゃると聞いて」

「残念。今朝町を出たニャ」

なんと!?　しょーがない……。せっかく来たしついでに宿とっとこ。

「じゃあすいませんけど宿を取りたいんですが」

「スタンダードな部屋で、一泊五千Gニャ。十泊で三万G、ひと月なら六万Gニャ」

ちなみにこの世界の暦（こよみ）だけど、一ヶ月は二十八日で一年は十三ヶ月の三六四日。週という概念や閏年はなく、それ以外の時間の感覚は元の世界と同じかな。度量衡に関しては独自のものがあるようだけど、【言語理解】がメートル法に変換してくれてるので、今後もそれを活用しよう。

「半年契約でひと月五万G、一年契約でひと月四万Gニャ。ただし、半年契約の場合は三ヶ月分、一年契約の場合は五ヶ月分を先にもらってるニャ」

短期間だとビジホやウィークリーマンション、長期になると普通のアパートレベルの値段だな。

んじゃ、とりあえず十日で……

「あ!!」

「ニャニャ!!」

俺が突然大声あげたもんだから、受付の娘が驚いて飛び上がった。そのあと受付台の陰に飛び込んだ彼女は、おそるおそる顔を半分出すような形で隠れつつ、俺を窺っていた。

今まで見えなかった尻尾の先がゆらゆらと揺れているのが見える。

「なんニャ!? 急に大声出すニャ!!」

「あ、すんません。えっと、俺、金持ってなかったわ」

そういや全額寄付したんだった。

行商人の人がいれば素材売って金作ればいいと思ってたけど、いないもんなぁ。

「あの、素材の買い取りとかは?」

「してないニャ。ウチは現金のみニャ」

ちなみにステータスからの決済をこちらでは『現金』というみたいだ。

「うーん、まいったなぁ」

「しょーがないニャー」

やれやれと言った態度で受付嬢が立ち上がる。

「お金がニャいんだったら身体で払ってもらうニャ」

受付の娘は、なにやら悪そうな笑顔で俺を見ていた。


「おつかれニャ。アルーは思ってたより役に立ったニャ」

「そりゃどうも」

タダで宿泊させてくれるという条件で、宿屋の受付嬢兼女主人こと猫族のカリーナに、まるっと半日こき使われた。男手がないから、力仕事やちょっとした修繕でも手伝うのかな、と思ってたけど、この世界には獣人という身体能力に長けた種族がおり、女性であってもその辺のヒューマンの男よりは力持ちだったりする。

実際そういった修繕や力仕事のたぐいは、大猩猩(おおしょうじょう)（ゴリラ）族のマルタさんという人がやってるんで手は足りてるんだと。ゴリラっつってもこの世界の獣人は人間成分が比較的多く、イメージとしては女性レスリング選手って感じの体型だったな。

なので、俺が担当したのは掃除と洗濯。俺が光魔法を使えると知るや、カリーナは喜々として溜まってた洗濯物、およそ一〇〇キロ分を俺に押し付けた。

とにかくひたすら『聖浄』で染みついた汚れを浄化しまくった。洗濯もこの宿のサービスの一環で、五日に一回のシーツ交換が無料、その他の洗濯は一キロあたり一〇〇Gで請け負っている。洗濯は一応カリーナの仕事だが、普段はこの宿の住人に委託することが多いんだとか。例えば家の管理ができなくなってここに住み始めた暇な年寄りとか、小遣いが欲しい子供とか。

ただ、ここ十日ほどいつも洗濯を頼んでいる婆さんらが別の町に遊びに行っているらしく、明日やろうその内やろうと思っている内に、溜まりに溜まっていたらしい。

そういえばカリーナからはそこはかとなくダメ女の香りがするんだよなぁ。

他にも空き部屋清掃やら敷地内の草むしり、共用部分の清掃なんかを行ったんだが、清掃には【収納庫(ストレージ)】が大いに役立った。

例えば空き部屋の清掃だと、家具類をまず【収納庫】に全部入れておく。で、事前に収納しておいた掃除用具や水の入ったバケツなんかを【収納庫】からババーっ！ っと放り出して壁や床、天井なんかをざざっと洗い上げてから、『聖浄』で仕上げして家具類を戻していくという感じで、あっという間に部屋はきれいになるのだ。こういうのをスキルや魔法なしでやるのは大変だろうなぁ。逆に言えば、こういう雑用を自分でしなくてもいいからこそ、長期の宿ぐらしに需要があるんだろう。

『猫の額』では風呂・トイレ・キッチンは共用。

異世界モノだと風呂がないって設定は多いが、この世界には風呂の文化があるみたいだ。

といっても日本みたいに各家庭に風呂があるわけじゃなく、銭湯みたいな感じらしいけどね。

キッチンは共用で自炊もオーケーだが、宿に併設された食堂でも食事はとれる。

宿の利用客は少し割安で利用できるとのこと。

食堂で使う食材の買い出しも頼まれてたけど、【収納庫】内の肉を大量に提供したらたいそう喜ばれて買い出しは免除となった。……これだけで充分宿代になったんじゃね？


「じゃあ風呂の準備が出来たから入るといいニャ」

「そりゃありがたいけど、ちょっと早くね？」

時刻はまだ十八時過ぎ。風呂はもう少し遅い方がいいんだけど……。

「いまウチに男はアルーだけニャ。みんニャ十九時ぐらいから風呂に入り始めるから、その前に入るニャ」

「あ、そういうことね」

「そういうことニャ。アルーが風呂に入れるのは十九時までか、深夜〇時以降ニャ」

「オッケー」

「あ、出た後はちゃんと魔法で綺麗にしとくニャよ？　男の匂いなんて残ってたらエラいことニャ……」

「はいはい。あと、そのアルーってなんとかなんない？　アルフレッドかアルフでお願いしたいんだけど」

「うるさいニャ。ウチがアルーをどう呼ぼうがウチの勝手ニャ」

「へいへい」

半日こき使われている内にカリーナとは随分打ち解けたな。カリーナのカラッとした性格のおかげで、ずっと前から知り合いだったような気分になっているよ。

前世ではあまり女性と縁がなかった俺だけど、こんな感じであまり気を使わずいろんなことが言い合えるっていうのも悪くないな。もしかして、女友達っていうのはこういう感じなんだろうか？　なんていうか、一緒にいてとても居心地がいいや。


「ふぃー……」

汗をかいた身体に『聖浄』をかけ、湯船につかる。身体は『聖浄』で綺麗になったので、意味あるのか？　なんて言われそうだけど、湯船につかるのは身体を洗うのとは別でしょう。

「極楽じゃあ」

こういう風呂やトイレなんかの設備は、魔道具という魔法効果を発現できる道具が使われている。その動力となるのが魔石だ。

ここの風呂の雰囲気は、まあ銭湯みたいなもんだと思ってもらっていいだろう。

十人ぐらいが並んで座れる洗い場には、ちゃんとシャワーもあれば石けんなんかもある。たっぷりと湯の張られた湯船は、五～六人が身体を伸ばして入れるものがふたつあり、それぞれ温度が違っている。一方は四十℃前後、もう一方は四十二～四十三℃と少し熱めだ。

サウナや水風呂が無いのは少し残念だけど、ここは小さな町だというし、どこか大きな町に行けばあるのかもな。

風呂から上がったあと、食堂でメシを食った。

俺の元に運ばれたのは、山菜の炒め物に、チキンステーキみたいなもの、そしてバゲットのパンふた切れと、くず野菜のスープというメニューだった。

事前に好き嫌いがないかカリーナに訊かれており、特にないと答えていたので彼女のチョイスなんだろう。原価率が低いとかそんな感じの。

「お、肉やわらかい」

チキンステーキみたいな物は、グレートラビットのステーキらしい。味や食感は鶏のもも肉に近いかな。全体的に薄味だが、それでも結構美味かったよ。調味料を取り出して使っても良かったけど、変に注目されたら面倒なんでやめておいた。

食後は用意された部屋に入り、ゆったりコーヒータイム。

『猫の額』という名前とは裏腹にこの宿屋は結構大きく、なんと五階建てなのだ。

俺にあてがわれた部屋は五階の一番奥。早い話が入り口から一番遠い部屋ってわけ。

階段を昇るのがしんどいせいか、低階層の方が人気だったりするので、五階にはほとんど客がいない。少なくとも隣の部屋は空き部屋だってことは、今日掃除したのでわかっている。空き部屋の掃除も俺の仕事だったので。

部屋には小さなサイドテーブルとキャビネットが据え付けられていたが、椅子がなかったのでベッドに座った。ベッドにはなにかしら魔物の素材で作られているというマットレスが置いてあり、結構弾力があって寝心地がいい。アルマさんとこのベッドも寝心地良かったし、ありがたいことにこの世界は寝具レベルが高いみたいだ。

とりあえず今日は寝るか。

——コンコン。

ノックの音で目が覚める。

枕元に据え付けられていた室内灯をつけ、置き時計で時間を確認した。

午前○時を少し回ったところだが、こんな夜中に一体誰だ。

「はい？」

「ウチニャ」

「ん、カリーナ……？　どうぞ」

ドアを開けて入ってきたカリーナは、上下とも七分丈のシンプルな寝間着姿だった。

前開きのシャツのような上着は、意外と大きな胸に押し出されており、ボタンの隙間からは谷間が見え隠れしている。ブラジャーは付けていないのか、ぴょこんと立った乳首のかたちが布地に浮き出ていた。

下はゴムウェストのパンツらしく、上着の裾とウェストの間からキュッとくびれた腰がわずかに見えており、そこから下に向かってなだらかに続く曲線は、カリーナの性格とは裏腹に、とても女性的だった。改めて見ると、この娘すごくスタイルいいな。

「えっと、どしたの？」

「忘れたかニャ？」

「何が？」

「宿代は身体で払ってもらうって言ったニャ」

「ああ。だから昼間たっぷり働いたじゃん」

「あれはオマケニャ」

「オマケって……」

カリーナは部屋に入ると、後ろ手にカチャリと鍵をかけた。

そして獲物を見るような視線を俺に向け、ペロリと舌舐めずりをする。

「これからが本番ニャ」

うん、まあ予想はしてたけどね。

6　カリーナと……

「しっかし、こういう展開も何となく予想はしてたけど、思い切りがいいな、カリーナ」

「久々の男ニャ……。一目見たときからムラムラきとったニャ」

不敵な笑みを浮かべつつ、俺の方に歩み寄ってくるカリーナ。

「おいおい、カリーナってばエロい娘？」

「にゅふふ……エロい娘は嫌いかニャ？」

「いんや、望むところだ」

「それは良かったニャ。正直ドン引きされると思ってたから安心したニャ」

「そう思うならもう少しアプローチの仕方考えろよ」

「無理ニャ。発情した獣人の欲求はそう簡単に収まらないニャ」

「そうかい……。あ、でも先に言っておくことがあるんだけど」

「何ニャ？　今さら怖気づいたかニャ？」

「俺としたら子供ができるけどいいか？」

「ふふ。そんなこと心配しなくていいニャ。たぶんウチは子供ができにくい身体ニャ。いままで何人ものお客と関係をもったけど、一度もできたことないニャ」

そのとき、ふとカリーナの表情が暗くなったように見えた。

郵便はがき

お手数ですが
切手をおはり
下さい。

1 0 2 - 0 0 7 2

東京都千代田区飯田橋2-7-3
（株）竹書房

聖騎士に生まれ変わった俺は異世界再生のため子作りに励む 1
SEIKISHI ni umarekawatta ORE ha ISEKAISAISEI notame KOZUKURI ni hagemu

アンケート係 行

A	フリガナ 芳名	B 年齢　　歳（生年　　）	C 男・女
D	血液型	E	ご住所 〒

F	ご職業
1	小学生
2	中学生
3	高校生
4	短大生 大学生
5	各種学校
6	会社員
7	公務員
8	自由業
9	自営業
10	主婦
11	アルバイト
12	その他（　　）

G	ご購入書店　　区（東京）　市・町・村　　書店　CVS	H	購入日　　月　　日

I	
	ご購入書店場所（駅周辺・ビジネス街・繁華街・商店街・郊外店・ネット書店）
	書店へ行く頻度（毎日、週2・3回、週1回、月1回）
	1カ月に雑誌・書籍は何冊ぐらいお求めになりますか（雑誌　　冊／書籍　　冊）

●今後、御希望の方にはEメールにて新刊情報を送らせていただきます。メールアドレスを御記入下さい。

＿＿＿＿＿＿＿＿ @ ＿＿＿＿＿＿＿＿

＊このアンケートは今後の企画の参考にさせていただきます。応募された方の個人情報を本の企画以外の目的で利用することはございません。

聖騎士に生まれ変わった俺は
異世界再生のため子作りに励む 1

8F

竹書房の書籍をご購読いただきありがとうございます。このカードは、今後の出版の案内、また編集の資料として役立たせていただきますので、下記の質問にお答えください。

J
●この本を最初に何でお知りになりましたか？
1 新聞広告（　　　　　新聞）　2 雑誌広告（誌名　　　　　）
3 新聞・雑誌の紹介記事を読んで　（紙名・誌名　　　　　）
4 ＴＶ・ラジオで　5 インターネットで
6 ポスター・チラシを見て　7 書店で実物を見て
8 書店ですすめられて　9 誰か（　　　）にすすめられて
10 Twitter・Facebook　11 その他（　　　　　）

K
●内容・装幀に比べてこの価格は？
1 高い　2 適当　3 安い

L
●表紙のデザイン・装幀について
1 好き　2 きらい　3 わからない

L
●ネット小説でお好きな作品（書籍化希望作品）・ジャンルをお教えください

M
●お好きなH系のシチュエーションをお教えください

N
●本書をお買い求めの動機、ご感想などをお書きください。

＊ご協力ありがとうございました。いただいたご感想はお名前をのぞきホームページ、新聞広告・帯などでご紹介させていただく場合がございます。ご了承ください。

「だから、子供とかそういうのは気にせず、アルーはウチの中に好きなだけ出しまくるニャ！」

そう言いながら、カリーナは挑発的な笑みを俺に向けてきた。

「あー、いやそうじゃないんだ」

「……どうしたニャ？　怖気（おじけ）づいたんなら正直に言うニャ。心の準備ができるまで待ってやってもいいニャよ？」

「俺は豊穣神の加護を受けた聖騎士なんだよ。その加護の力で、俺とカリーナがセックスをすればかならずカリーナは猫族の男の子を生むんだ」

「ニャ……？」

呆然とした表情を浮かべたカリーナだったが、すぐに口角が上がり始めた。

「……望むところニャ。もう子供は諦めてたから、むしろ嬉しいニャ」

そう言って浮かんだカリーナの笑顔は、さっきまでの挑発的な物ではなく、本当に嬉しそうな笑顔だった。

「それを聞いて安心したよ」

この猫娘が子供を望んでいるなら話は早い。

「ニャッ!?」

俺は立ち上がり、カリーナの手を引いて抱き寄せた。

ザヌエラともアルマさんとも質の異なる抱き心地。女性特有の柔らかな感触ってのは、言ってみれば脂肪の柔らかさだ。でもカリーナには余分な脂肪がついていない。華奢(きゃしゃ)な体つきにも関わらず、抱いた時に適度な弾力があるのは、猫族特有の柔らかい筋肉のせいだろうか。

これはこれでアリだな。

「アルー、なかなか積極的ニャムッ……!!」

カリーナがどうでもいいことを喋(しゃべ)っていたので、とりあえず口をふさいだ。

「んむ……レロ……」

唇を重ね、舌を絡める。あ……、ちょっとザラザラしてる。ほんのちょっとだけね。

「フゥ……フゥ……。アルーのキス、やばいニャ……。こんなん初めてニャ……」

「俺のは特別だからな」

「駄目ニャ……辛抱たまらんニャ!!」

そう言うとカリーナは俺の寝間着のズボンとパンツを引き下ろす。

と同時に、尻尾を器用に使って自分のズボンも下ろした。下着は最初から着けてないようだ。

ズボンとパンツを下ろされた俺のイチモツが露わになる。

正直に言おう。実はカリーナが部屋に入った瞬間からフル勃起だったんだ。カリーナから漂うフェロモンとでもいうべき甘ったるい匂いを嗅いだ瞬間から、俺の肉棒はいきり立っていた。

ヘソまで反り返ったイチモツの先からは既に透明な汁が溢れ出しているんだが、どうやらそれはカリーナの方も似たような状態のようだ。抱き合って密着してるので露わになった下半身はよく見えないけど、床に下ろされたズボンの股の部分がぐっしょりと濡れているのが見えた。

発情した猫娘は俺の首に手を回し、脚を絡めてきた。腕に力を入れて自分の身体を支え、片足でつま先立ちになると、そのまま俺の亀頭に自らの割れ目をあてがってくる。

柔らかな粘膜と溢れ出る愛液が俺のモノにねっとりと絡みついてきた。

「ニャ……アルーの、熱いニャ……」

カリーナは俺の首に絡めた腕の力を緩めてゆっくりと腰を落とし、肉棒をズブズブと秘肉に包み込んでいった。

「ンニャア……!!　久々の……おち×ぽニャアア……」

「く……キッ……」

ドロドロの秘部に、摩擦による抵抗はほとんどないものの、締りのキツさは過去最高だ。

といってもまだ三人目だけど。

ただ、俺のモノは聖技の効果で相手に合わせて大きさが変わるので、相手の膣が小さければその分俺のモノも小さくなるわけだ。にも関わらずキツいと感じるのは、膣圧が高いとか、ヒューマンと獣人とでは内部の構造が違うとか、そういうことなんだろう。

ゆっくりと俺のモノが女獣人の締りのいい膣内に沈み込んでいく。

「んっんんっっ!!」

少しずつ挿入が進むごとにカリーナの腰の震えが強まる。

「ウニャアアア!!　あっ……あっ……」

根本まで挿入し終えた時、カリーナは大きく身体をのけぞらせ、激しく痙攣した。

「ん……？」

股間あたりに生温かい感触が広がっていく。カリーナの股からプシャッ、プシャッと勢い良く吹き出る液が俺の股を濡らし、そのまま脚を、そして床を汚した。

……漏らしたのか？　それとも潮吹きってやつ？　挿入しただけで……？

「ニャア……。挿れただけでイカされたニャ……。アルーのおち×ぽ、凶悪ニャァ……」

カリーナは半分白目をむき、口を半開きにしてヨダレを垂らしながら、腰をガクガク震えさせていた。猫娘が肩を上下させるたびに、熱い吐息が顔にかかる。それは甘ったるい、彼女が漂わせているフェロモンを凝縮したような卑猥な香りだった。

彼女は俺のモノを凶悪と言ったが、この猫娘の締まりの良さも凶器レベルだ。

「カリーナ、動いてもいいか？」

「ダ、ダメニャ……。まだ……まだ…イッてるさいちゅンニャア!?」

「悪ぃ、カリーナの膣内、気持ちよ過ぎて我慢できねーわ」

カリーナはイッたせいで足腰に力が入らなくなったのか、ガクンと膝を落としそうになったので、背中と尻を抱えて身体を支え、激しく腰を振った。

鷲掴みした手に小振りな尻からの弾力が跳ね返ってくる。

「あっ……あうぅっ……ん……ンニャアッ……ニャッニャッニャアアッ!!」

最初は脱力して首をガクンガクンさせてた猫娘だったが、徐々に力が戻ってきたのか俺の首に絡めた腕に力を入れ、しがみついてきた。

「ンニャッ！　アルー！　アルーの、おち×ぽぉ……気持ちいいニャア!!」

カリーナがしっかりとしがみついてきたので、俺は背中と尻を掴んでいた腕を膝の裏に回し、そのままカリーナを抱え上げ、駅弁状態になった。

「ンニャッ！　ニャッニャッ!!　やばい、やばいニャア!!　奥にっ、おち×ぽっ奥にぃ……当たってて……んっんっ」

俺が腰を振る度にパンパンと激しい音がなり、ビチャビチャと液が床に滴り落ちる。

ただでさえキツいカリーナの膣圧が高まり、腰を振る度に最奥部が亀頭の先端をツンツンと刺激してくる。

「やばいニャ！　んっんっンニャアッ!!　イクッ……イクイクゥッ!!　またイッちゃうニャア!!」

一突きする度にどんどん膣圧が高まり、俺にも限界がやってくる。

「ヤバイ……カリーナ、もう」

「来てェッ!!　アルー!!　アルーの熱いのっ、ウチの膣内にぃ!!　膣内にちょうだいニャアアア!!」

「うぐぅ……!!」

「ンニャアアア!!！」

ドビュルルルッ!!

カリーナの狭い膣の中を俺の精液がほとばしる。

「ンニャッ……ああ……ビューッビューってぇ……、アルーの熱いのが……ウチの膣内(なか)にぃ……」

カリーナの膣内で俺のモノが脈打ち、その度に精液が勢い良く噴き出し、猫娘の膣奥に襲いかかる。ガクガクと震えながらも身体を抱える俺の腕にぐったりと身を預け、全身を弛緩させているようなカリーナだったが、肉棒に絡みついた膣粘膜はウネウネと蠕動(ぜんどう)を続けた。

「おぅ……、まだ、出る……」

そして俺のモノが射精のためにドクドクと脈打つのに合わせて、まるで根元から搾り取るかのように女獣人の卑猥な膣はギュウギュウと締まるのだ。

やがて接合部からグプグプと精液が溢れ出てくる。

「うにゃあ……。久々の交尾にゃあ……」

精液を出し尽くした俺は、ゆっくりと腰を引き、モノを抜いた。

「あにゃあ！　だめにゃあ……いま、動いたら……ウニャアッ……!!」

ニュポンとモノが抜け、だらしなく開いた膣口からドポォっと精液が溢れ出る。

「あっ……あっ………………。アルーの……アルーのザーメン、ドプドプ溢れてるニャァ……」

カリーナが恍惚（こうこつ）の表情で、また俺にしがみつく。

「カリーナ、満足か？」

「うにゃあ……まだまだニャ。獣人の性欲舐めんニャよ……」

カリーナは俺を見て不敵に笑い、舌なめずりをする。

「そうこなくっちゃ」

カリーナの身体に少し力が戻ってきたので、ベッドに下ろしてやった。

「ニャニャァ……。アルーのおち×ぽ、まだまだ元気ニャ」

ぺたんとベッドに腰を落とした猫娘は、目の前で屹立（きつりつ）している精液と愛液にまみれたモノを愛おしげに眺めていた。

「おう。カリーナが望む限り、俺は応えるからな」

「ウニャ……ちょっとおち×ぽ汚れてるニャア。ウチがキレイにしてあげるニャ」

チロチロとカリーナが俺のモノを舐める。

「おっ……おぅっ……」

射精直後の敏感な裏スジを、ザラザラの舌に刺激された俺は、思わず声を上げてしまった。

最初はチロチロと舐めていたカリーナだったが、徐々に動きは大胆になり、モノ全体をゆっくりと味わうように舌を絡めてくる。

ほんの少しザラザラとしたカリーナの舌が、俺のものを容赦なく刺激してくる。

「ニャハ……どうニャ、猫族の舌技は？」

「う……やばいな……」

「にゅふふ……そうニャろ？　猫族の舌は特別ニャ。もっと堪能するニャ」

レロレロと俺のモノを丁寧に舐めていたカリーナは、やがて俺のモノを咥え込んだ。

ジュプジュプといやらしい音を立てながら、口に含んだモノをさらに舌で刺激する。

「んむ……んんっ……ジュププジュプ……レロ、はむ……んんっ」

その音と重なるように、グチュグチュという別のいやらしい音が聞こえる。

下の方に視線を向けると、俺のモノを咥えているカリーナが股に手をやり、自分を慰めているのが見えた。俺はカリーナの動きを制して腰を引き、猫娘の口からモノを引き抜いた。

「ん？　んにゃ？　なにするニャ？」

その疑問には答えず、俺はベッドの上に寝転がった。

「カリーナ、おいで。俺もしてあげるから」

「うにゃあん……アルゥ!!」

カリーナが俺に飛び乗ってきた。そのままの勢いで唇を重ね、舌を絡める。

あ……これってさっきまで俺の精液まみれのモノを舐め回してた舌……。ま、いっか。

ひとしきり舌を絡めた後、カリーナは体勢を変え、俺の上に覆いかぶさり、顔の前に尻を突き出してきた。

「ウニャ、さっきの続きニャ……はむ……」

「んおぉっ⁉」

さっきと咥える体勢が逆になったせいで、主に裏スジに当たっていたザラザラの舌が今度はカリを激しく刺激する。思わず声が漏れてしまうほどの刺激で、猫娘は俺のモノをしゃぶりながら一瞬嬉しそうな視線をこちらに向けてきた。

うん、こうなったらお返しだ。俺だってカリーナを気持ちよくしてやりたい。

見上げれば目の前に女獣人の秘部があった。見た目はヒューマンとそれほど変わりはない。薄褐色の肉襞と、その内側にあるピンク色の粘膜がヒクヒクと動き、少し奥にある膣口は少しゆっくりと、まるで呼吸をするようにうごめいていた。

秘部全体が半透明に濁った粘液まみれになっており、時々奥から新たな粘液が漏れ出てくるのを見て、俺はさきほどこの中に精液を注ぎ込んだことを思い出した。

まともな精神状態じゃ自分の精液まみれのマ×コに口をつけるなんて出来ないけど、【聖技】が発動している今は逆に興奮した。

俺はカリーナの弾力ある尻を掴んで軽く広げ、ぱっくりと開いた割れ目に舌を這わせる。

「んんっ!!　んむぅっ!!」

俺のモノを咥えたままのカリーナが、声にならない声を上げる。

レロレロと割れ目を舐めながら視線を上に動かすと、可愛い尻の穴があった。

俺が秘肉を舐めると、その尻の穴がヒクヒクとわなないている。そしてさらに視線を動かすと、尻の穴の少し上から、フサフサの尻尾が生えていた。尻尾の根元のあたりはピンと伸びているが、先の方は緩やかに折れ曲がり、ゆらゆらと揺れていた。

俺が少し激しく舌を動かすと、尻の穴がキュッと締まり、尻尾の先が少し伸びて揺れが止まる。

そしてしばらくすると尻の穴が少し緩んでヒクヒクと動き、合わせて尻尾の先も揺れ始める。

なんかおもしろいな。これが獣人セックスの醍醐味ってやつか？

しかし、俺が弄(もてあそ)ぶように舌を動かしていると、お返しとばかりに猫娘の舌の動きや口の動きが激しくなってきた。ジュボジュボといやらしい音をたて、肉棒が我慢汁と唾液にまみれていく。

「んー!!　んむー!!」

どうやらカリーナの方もかなり気持ちよくなってるみたいで、腰が軽く震え始めた。

尻尾がピンと立つ頻度も高くなってくる。

「カリーナ……そろそろ……」

ザラザラの舌に刺激され続けた俺の方も、そろそろ限界が訪れようとしていた。

「で、出るっ……！」

「んむー!!　ンフゥーッ!!」

ドピュッ！　ビュルルッ!!

俺の舌の動きが激しくなるに連れ、カリーナの動きも過激になり、ほどなく俺は彼女の口の中に射精した。カリーナの方もどうやらイッたようで、尻尾がピンと伸びわずかに震え、腰がビクンビクンと激しく痙攣している。

しかし、シックスナインでも同時にイケるって、やっぱ聖技ってすげーな。

「んんーっ!!　……んく……ゴク……んはぁ……」

カリーナはどうやら俺の精液をすべて飲み干してくれたみたいだ。

「んみゃぁ……、濃ゆいザーメンニャ……」

少し呼吸を落ち着けたカリーナは、突き上げていた下半身を俺の胸のあたりにおろした。

愛液まみれの熱い膣が胸にベチョリと当たる。そのまま上体を起こしながら腰が前にずらされていき、そのせいで俺の胸から腹にかけて猫娘から溢れた愛液の跡がついた。

そしてちょうど俺の股のあたりでカリーナは腰を上げ、へその方に反り返った俺のモノを手に取ると、先端に自らの秘部を当て身をよじって俺のほうに顔を向けた。

「夜はまだまだこれからニャ」

俺と目が合うなりわずかに目を細めた女獣人は、口の端から精液をわずかに垂らしながら艶やかにほほ笑み、ゆっくりを腰を沈めていった。

「んにゃあぁぁ……」

カリーナは身体を仰け反らせて嬌声を上げながら、俺の肉棒を膣内に咥え込んでいく。

肉棒が根元までずっぽりと包まれるや、女獣人は高い膣圧でモノを締め上げながら、腰を上げた。そして膣口がカリの辺りに達すると、再び腰を落とす。

最初はゆっくりだった腰の動きが、徐々に速くなっていき、猫娘の穴は棒を激しく出し入れさせながら、ずちゅずちゅと大きな音を立て始めた。

「んっ……んっ……やばいニャ……アルーのおち×ぽが……お腹で擦れて……」

俺は上体を起こし、カリーナの上の寝間着のボタンに、後ろから手をかけた。

「んニャ……服脱ぐのも忘れて……腰振っとったニャ……」

「俺もいま脱いだばっか」

そう、俺たちは下だけマッパというだらしない姿で今までやりまくっていたのだ。

まぁそれはそれでエロかったけどね。でも、そろそろカリーナのおっぱいも拝みたい。

ボタンは簡単に外れ、前を開くと下着を着けていないカリーナの胸が顔をだした。

それを後ろから覗き込む。

小振りだが、形の良い胸だ。ツンと上を向いた小さい乳首が可愛らしい。

「胸……ちっちゃいから、恥ずかしいニャ……」

「そうか？　形は凄くいいし、大きさだって十分だよ」

たぶんDあるかないかってぐらいの大きさだから、ザヌエラやアルマさんと比べるとそりゃ小さいけど、それでも十分な大きさだと思う。なにより形がキレイだ。

「んニャ……んっ……嬉しい……ニャア……」

腰を動かしながら、カリーナが少し照れた。可愛い……。

後ろからカリーナの胸を揉む。

しなやかで柔らかな女獣人の身体のなかで、乳房はまた独特な柔らかさだった。

いや、胸の柔らかさは他の人と変わらない、と言えばいいのだろうか。

全体的に少し筋肉質な身体の中で、胸だけはただ単純に柔らかいという、他の部位とのギャップがまたいいな。

「あぅんっ！　んにゃ……おっぱい、もっと触ってニャ……」

片腕で胸の下あたりを支えるように抱え、もう片方の手で胸を優しく揉む。ちゃんと支えてあげないと、抜けそうになるんだよね。

っていうか、普通この体勢だとちょっと支えてたぐらいじゃ抜けそうなもんだけどな。

もしかしたら聖技の効果で抜けにくくなってるのかもしれない。

「んああ!!　そこ、気持ち……いいニャア……」

胸を揉みあげ、時々乳首を刺激しつつ、後ろから首を舐めてやると、指や舌の動きに合わせて猫娘はビクビクと身体を細かく震わせる。

「あっ！　ダメニャ……そこはっ!!」

胸を触っていた手を今度は股に這わせ、陰核を優しくいじってやる。

「んっ！　んんっ!!　らめにゃあ!!　イクっ！　イクにゃああ!!」

挿入されながら陰核を触れられたのが相当な刺激だったのか、カリーナはすぐ絶頂に達した。

身体を強ばらせ、ギュウギュウと肉棒を締め上げてはいるが、俺のほうはまだ余裕があり、なんというかイキそこねたという気分になっていた。

「んあぁっ……んっ……ごめん、にゃあ……、先にイっちゃったニャ……」

半開きの口からよだれをたらしながら、猫娘は目に涙を溜めて俺のほうを見た。

こちらに向けられた彼女の表情が少し申し訳なさそうで、普段のぶっきらぼうな感じとのギャップに俺の胸は少しときめいた。

「ふふ、いいよ。夜はまだ長いだろ？」

「んにゅぅ……、アルーは容赦ないにゃぁ」

そんな言葉とは裏腹に、女獣人はとても嬉しそうな顔をしていた。

少し落ち着いたところで、カリーナは自分で腰を上げてモノを引き抜き、俺の手を逃れるように前のめりに倒れた。そしてベッドに手をついて四つん這いになり、尻を突き上げる。

肉棒が抜かれて間もない開いたままの膣口が、俺を誘うようにゆっくりと蠢いている。

「今度は、後ろから突いて欲しいニャ」

俺は突き出されたカリーナの尻に手を置き、そのまま勢いをつけて膣にモノをぶち込んだ。

「フギャアウゥッ!!」

勢い良くぶち込まれた女獣人は、その種族にふさわしい獣のような喘ぎ声を上げる。

俺は構わず腰を振った。後ろからだとより締め付けがきつくなった。

「んっんっんっ……アル、ウゥッ!!　……激しっ、ニャアッ!!」

俺が腰を振る度にパンパンと音が鳴り、カリーナが喘ぐ。後ろから挿れた女獣人の膣の締まりは凶悪で、さっきイッてなかったこともあり、すぐに限界が訪れる。

「カリーナ、やばい、もう……」

「ううっ…ウチもニャ……！　さっき、イッたばかりニャのに、またイッちゃうニャあ!!」

そのまま俺は激しく腰を動かし続け、一番奥に突っ込んだ所で射精した。

ビュルルルルッ!!　ビュルルッ！　ビュルッ……！

「ぐうっ！」

「ンニャアウゥッ!!　ううっ……んん……、相変わらず、すごい勢いニャ」

今夜三回目の射精だが、例のごとく量も勢いも衰えることはない。

「んにゃあ……アルーのが……ドプドプ入ってくるにゃあ」

ただでさえ勢いのいい射精が、カリーナの高い膣圧に搾り取られるような形で、さらに勢いを増す。子宮口に精液をぶっかけられ、猫娘は嬉しそうにヨダレを垂らしながら腰をガクガク震わせていた。

射精が一段落ついた所で、ふと目の前をゆらゆらと揺れる尻尾が気になった。

カリーナ自身は時々ビクビクと腰を震わせているものの、ぐったりしている。

しかし尻尾だけはゆらゆらと揺れている。根元の方はまっすぐ伸びてるんだけど、先のほうが傘の持ち手のように曲がり、それがゆっくりと揺れているんだ。

さっきは激しく腰を動かしていたので気にならなかったみたいだけど、多分ずっと目の前にあったんだよな、これ。

別に邪魔ってわけじゃないんだけど、ふとこの尻尾を摑みたくなった。

いや、摑んだほうがいいような気がした。聖騎士の勘ってやつだろうか。

少なくともセックスの時はこういった勘に従ったほうがいいと思うので、俺は目の前の尻尾に手を伸ばし、ガシっと摑んだ。

「ふにゃあああ⁉」

猫娘が情けない喘ぎ声を上げる。

「ダ…ダメニャあ……尻尾は……尻尾はやばいニャア……」

ダメ、やばいなんて言ってるが、嫌じゃないのは明らかなので、俺は尻尾を引っ張り上げ、ズコズコと腰を動かし始めた。

「フニャア……それは……らめにゃあ……」

獣の象徴とでも言うべき尻尾を摑まれた女獣人は、言葉とは裏腹に恍惚とした表情を浮かべ、白目を剝きかけている。

ただ、腕にはもう力が入らないようで、顔をベッドに着け、尻だけを突き出している格好だ。

そんなだらしない身体とは反対に、膣の方は俺のモノを激しく攻め立ててくる。

キュッと締まった膣内からとめどなく溢れる愛液と、先に射精した精液とが合わさってどろどろの粘液となり、それをたたえたままの肉襞が容赦なく俺の肉棒に絡みついてくる。

「あふうぅ……あうあー……も、もう……らめにゃあ」

「俺も、イクっ……！」

ドビュルルルル…………!!

俺の方もすぐに限界が来て、バックのまま抜かずに射精を行った。

「あ……相変わらず、すごい勢いと量ニャ……。もうウチのおま×こ、アルーのでいっぱいにゃあ」

射精が終わったあと肉棒を引き抜くと、支えを失ったカリーナの下半身がベッドに落ち、膣口からドボドボと溢れる精液が、ベッドの上に広がっていった。

我が事ながら、どんだけ出してんだ、俺？

「もう……動けないニャ……。アルー、激しすぎニャ」

「そっか、もう終わりか」

「うう……アルー、いじわるニャ……」

「もう動けないいんだろ？」

「指一本動かせないニャ……でも……もっと欲しいニャ……」

だろうな。だって俺の肉棒はまだギンギンだ。

ってことはカリーナだってまだ欲してるってことだもんな。

俺はだらしなくうつ伏せのままになっていたカリーナを転がし、仰向けにさせた。

彼女は抵抗することもなくされるがままで、腕をだらんと伸ばしたまま足もだらしなく開いた状態となった。仰向けになっているせいで胸の膨らみは小さくなったが、それでも小ぶりで綺麗なおっぱいが、俺の情欲をかきたてる。

カリーナの膝の裏に腕を入れて股を開き、無防備になっている割れ目に、亀頭をあてがう。

「んにゃあ……、来てにゃあ」

「ちゃんとおねだりしな」

「うう、やっぱアルーいじわるニャ……」

「そう、俺はいじわるなんだよ。だから、ちゃんと言わなきゃ今夜は終わりだな」

「いやニャ……、もっと欲しいニャ」

「なにをどこにどうして欲しいのか、ちゃんと言ってみな」

こういうエロ漫画みたいなシチュエーション、ちょっと憧れてたんだよねぇ。

三人目ってことで、ちょっとは余裕ができたのかもしれない。

「ウニャア……アルーの……アルーのぶっといおち×ぽぉ、ウチの精液まみれの汚いおま×こに突っ込んで、ズボズボしてほしいニャア!!」

いや、そこまで言えとは言ってない。でも――、

「よく出来ました」

俺は腰を進め、カリーナの精液まみれのおま×ことやらにぶっといおち×ぽをぶち込んだ。

「ンニャオオォォ……!!」

こいつ身体はマグロ状態なのに、膣の方はまだまだ元気みたいで、相変わらずキツく締まって絡みついてくる。

しかも今度はそれだけじゃなかった。

「ひゃうぅっ!?」

突然尻にくすぐったいような刺激を受けた俺は、思わず変な声を上げてしまった。

視線を動かすと、猫娘の尻尾が俺のケツをさわさわしてる。

「ちょ、おま……これ」

「にゅふふ……お返しニャ」

「お前、動けないんじゃ」

「指一本動かせないとは言ったニャけど、尻尾は別ニャ」

そういって、カリーナは尻尾を巧みにうごかし、俺の尻を刺激してくる。最初は尻の割れ目に沿ってさわさわしてただけだったが、やがて割れ目をこじ開け、肛門を触り始めた。

「ちょ、これ、まじ……やば……」

　さすがに肛門の中に入るようなことはないが、膣でモノを締め上げられている状態でアナルを刺激されるのはマジでやばい。

「ほれほれ、イクニャ。んっんうぅっ！　ウチもっ、もう……イキそうニャ……!!」

「くそっ……負けるか!!」

　俺は腰の動きを激しくし、女獣人の穴をじゅぷじゅぷと突きまくった。

「んにゃあああっ！　激しっ……んにゅう、カリーナのおま×こ、壊れちゃうニャァッ!!」

　カリーナを攻めるつもりで激しく動き始めた俺だったが、結局その快感は自分にも返ってきた。

　膣内に溜まった精液と愛液が混じり合ったどろどろの粘液を絡みつけながら、俺たちは互いの粘膜同士をぬちゅぬちゅとこすり合わせているのだから、その勢いが増せば双方の刺激も増すのは自明の理だ。

　接合部からは中に溜まった精液と新たに分泌された愛液とが溢れ出し、激しく肉棒と膣とがこすられるのと、股間同士がぶつかる勢いでその粘膜が激しく飛びちった。そのせいで、俺たちはお互い内ももや下腹の辺りまでべとべとの粘液まみれだ。さらに全身からにじみ出る汗が混じり合ったその粘液は、なんともいえない卑猥な香りを室内に充満させていった。

「あっあっあっあっ！　こわれりゅう!!　もう……イキそうにゃぁ……!!」

　腰を突き出すたびにプルプルと揺れる小ぶりで形のいい乳房があり、俺は思わずそれを摑んで舌を這わせた。

「んにゃあっ⁉　この段階で、おっぱいはホントにヤバいにゃぁ！」

舌で乳首を転がしながら、たまに甘噛みすると弛緩しているはずの彼女の身体がビクンと揺れる。目の前でプルンと揺れる乳房、舌に伝わる甘塩っぱい汗の味、部屋に漂ういろんな体液の混ざった卑猥な匂い、ヌチュヌチュと部屋に響き渡る粘膜同士がこすれる音、そして執拗に尻の穴を刺激する尻尾の愛撫と、肉棒を包み込み締め上げながら擦れ合う膣内の感触……。

五感のすべてを刺激されながら、俺の中の快感は急速に高まっていき、やがてそれは限界を迎えるのだった。

「んにゃぁあぁあっ！　イックぅぅっ!!」

「うあぁっ!!」

ドビュルルルッ!!　ドビュッ！　ビュルルッ!!

最後の最後で絶頂に達したカリーナに締め上げられ、俺は思わず声を上げながら射精した。

最初に勢いよく発射されたあとも、ビュクンッ！　ビュクンッ！　と今まで以上に肉棒が脈打ち、それと同時に射出された精液は女獣人の子宮口を容赦なく襲った。

「ウニャア……何回味わってもアルーの射精はヤバいニャ。お腹のなかでビュクビュク暴れまわっとるニャ」

少し体力が回復したのか、カリーナは軽く首を上げて股の方に視線をやり、いまだ射精が続いている俺を咥え込んだ下腹あたりを、愛おしげに撫で回した。


「フニャア……。アルー、おはようニャ」

「うん、おはよう」

俺が起きるのとほぼ同時に目を覚ましたカリーナが、眠そうな声で挨拶をしてきた。

危うく変な扉を開きそうになった猫娘とのセックスは朝まで続き、起きたのは昼過ぎだった。

カリーナはこんな事もあろうかと、今日の仕事は別の人に任せているんだとか。

「にゅふふ……。アルー、朝から元気にゃ」

まだ少し眠そうな顔をしているにもかかわらず、カリーナが俺の股間に手を伸ばし、寝起きの生理現象で太くなっている肉棒をさわさわと撫で始める。

「うにゅぅ……、アルぅ……。寝起きの濃ゆいのが欲し——」

半分眠っているような、しかしどこかなまめかしい表情だったカリーナが、ふと真顔になって首をかしげる。

「——くないニャ……。何でニャ？」

「……そりゃ昨日あそこまでやりまくったらもう充分だろ？　最後なんてうつぶせのまま尻尾すら動かなくなってたじゃないか」

「うにゃあ！　そんなん関係ないニャ！　ウチは寝起きの一発が一番好き……ニャんだけど……

ニャニャ⁉　アルーのもちっちゃくなってくにゃあ……」

カリーナがなんだか泣きそうになっている。

でも、確かにおかしいよな。カリーナのほうが疲れてててやりたくないってんならともかく、少なくとも彼女は、頭ではやりたいと思ってるわけだし。

「なぁ、カリーナ。ちょっとお願いがあるんだけど」

俺は少し思うことがあり、彼女にいろいろ試してもらうことにした。

「とりあえず、寝起きで申し訳ないけど舐めてもらってもいい？」

「うにゃ？　やる気になったニャァ？　望むところだニャ！」

と猫娘は布団に潜り込み、チロチロと俺の肉棒を舐め始めた。少しザラザラした舌が俺の亀頭を刺激する。ちょっとくすぐったいけど、気持ちいいってのとは少し違うような……。

そのあとカリーナはいっこうに大きくならない肉棒を、口に含んでみたり唇をすぼめて締め上げたりチューチュー吸ったりしたが、やはりモノは大きくならなかった。

「うにゃあぁ……。アルーはウチの舌じゃ満足できんくなったニャ？」

泣きそうな顔で布団から顔を出したカリーナを、俺は軽く押し倒した。

「ニャニャッ⁉」

まだ昨日の疲れが残っているのか、裸の猫娘はほとんど抵抗すること無く俺に組み敷かれた。

俺はそのままカリーナに覆い被さり、小ぶりな乳房を揉みながら乳首を舐め回した。

「アルー、いきなりニャにを……にゃははっ！　くすぐったいにゃぁ……」

いくら乳首を刺激しても、女獣人の乳首が立つことはなく、俺はそのまま後ろに下がって股間に顔を近づけた。

その割れ目はぴったりと閉じていたが、俺は舌を伸ばして割れ目をこじ開け、中の粘膜をレロレロと舐めた。

「んにゃぁ……、なんかもぞもぞするニャ」

その後しばらく粘膜や陰核を舐め続けたが、しっとりと濡れてはくるものの、愛液のような粘りのある液体は分泌されなかった。

「ア、アルー？　さっきからニャにを……」

戸惑うカリーナを無視し俺は身体を起こすと、しなびたままのイチモツをカリーナの割れ目にあてがった。再び閉じてしまった割れ目を指で開き、ピンク色の粘膜に亀頭をこすりつけてみる。

先端にくすぐったいような感触はあるがやはり気持ちよくはならず、肉棒も小さいままだった。

「さ、さっきからニャにをしとるニャ？」

「いや、さっきからかなりエロいことしてるんだけど、カリーナはなんも感じない？」

その言葉にカリーナはきょとんとした表情で首をかしげた。

「そう言われればそうニャ。いくら発情して無くても、おま×こにち×ちんこすりつけられたらちょっとくらいムラムラくるもんニャのに……」

猫娘が深刻な顔でうつむいてしまう。

「……ウチ、不感症になったのかニャ？」

「いや……そうじゃないと思う」

「ホントかニャ？　でも、じゃあニャんで」

「カリーナ」

俺はカリーナを抱き起こして姿勢を正したあと、正面から見据え、彼女の両肩に手を置いた。

「妊娠してないか？」

「んにゃっ!?」

カリーナは驚きの声をあげたが、すぐに落ち着いたような表情になり、しばらく虚空を眺めたあと、軽くうつむいて下腹の辺りを撫でた。

「妊娠……しとるニャ」

やっぱり。俺が勃たなくなったのと妊娠との間には、たぶん因果関係があるはずだ。

昨日も寝起きの生理現象が終わってからは、ずっとアルマさんと裸で密着してたのに勃たなかったもんな。彼女の話に集中してたからだと思っていたけど、裸で触れあってたあのシチュエーションでピクリとも反応しないのはちょっと異常だわ。

もしかして、妊娠した人とはセックスできない……？

「なんでニャ……？　なんか知らんけど、妊娠したってわかるニャ」

最初はただ呆然としていたカリーナの目に、ウルウルと涙が溜まってきた。

そしてカリーナは、いささか複雑な心境の俺の気も知らないで、甘えるように抱きついてきた。

「アルー！　ありがとうニャ!!　ウチ……ウチもう子供は諦めとったニャ」

カリーナともうできなくなるのはちょっと惜しいけど、こうやって喜んでくれるんなら、まぁいいか。

「……だからいったろ、俺としたら妊娠するって」

「話半分に聞いとったニャ。でも、こんなにうれしい事はないニャ!!」

「喜んでもらえたら何よりだよ」

妊娠した人とはセックスができなくなり、俺とセックスすれば必ず妊娠する……、ってことは、俺は同じ人を一度しか抱けないのだろうか。

ふたり続けて一晩で妊娠したとなると、その疑いは濃厚になってくるんだけど……。

「あのさ、カリーナは前の生理いつ頃来たの？」

「ないニャ」

「ん？」

「猫族に生理はないニャ」

「はへ？　そうなの？」

「そうニャ」

「えっと、じゃあ、妊娠のタイミングってどうやって……」

「発情したときにセックスしたら普通は出来るニャ」

「え、そうなの？」

「そうニャ。ウチ、昨日はアルーをひと目見たときからムラムラきとったニャ」

「そっか……。でも、じゃあ今までは？　まさか処女じゃないよね？」

「んなわけないニャ。昨日も言うたけど、今までは何人とやってもダメだったニャ……。だから、子供は諦めとったニャ」

なるほど、もしかするとカリーナは不妊症的ななにかがあったのかもしれないな。

それが加護の力で改善し、そしてそのまま妊娠した、と。うん、こうやって今まで妊娠を諦めていた人の力になるっていうのも、聖騎士としての務めだよな。

ただ、種を蒔くだけ蒔いて、出産や子育てを手伝えないのはやっぱ申し訳ない気分だ。

「カリーナ、その……俺はそのうちこの町を出ることになる」

「……別にいいニャ。猫族はたくましいニャ。父親なんておらんでも大丈夫ニャ」

「ああ、いや、それでも、少しでもいいから父親らしいことはさせて欲しい」

「でも、出ていくんニャろ？」

「うん、だから、もし困ったことがあったら豊穣神の神殿に行って欲しい」

「……よくわからんけど、わかったニャ」

普通は自分が妊娠したら父親にはいて欲しいって思うものだろうけど、アルマさんといい、カリーナといい、えらくあっさりとしてるな。

もしかしたら、これも加護の力なのかもしれない。誰かが独占欲でもって俺を束縛しようとしたら、使命に差し障るもんな。色んな所に子種を蒔く身としてはありがたい仕様なんだけど……。

なんとなく寂しい気がしたので、俺はカリーナと裸で抱き合ったままもう一度眠りについた。

女神官(アルマ)の母子手帳

アルフレッドさまにお子を宿していただいてもうすぐ十ヵ月、お腹もずいぶん大きくなってきました。

「アルマしゃーん！　あしょびにきたじょー!!」

最近はカリーナさんの所のアベルくんがよく遊びに来てくれます。

わたくしたちヒューマンに比べて妊娠期間の短い獣人のカリーナさんは、三ヶ月ほど前に出産しました。

そして獣人の子は幼少期の成長も早いので、もうひとりで歩けるうえに、たどたどしくはありますが喋ることも出来ます。

アベルくんに「かーちゃんかーちゃん」と懐かれているカリーナさんが、ちょっと羨ましいです。

「アルマしゃん、まだうまれにゃいのー？」

大きくなったわたくしのお腹を眺めながら、アベルくんは時々退屈そうに聞いてきます。

「うふふ、もうちょっと待ってね」

「おれ、はやくこのコとあしょびたいじょー」

「あらだめよ。ウチの子はしばらく歩けないし、しゃべれないから」

「ええー、よわっちぃのー」

「そう、弱いの。だからアベルくんが守ってあげてね」

「お、おー！　まかせとけー!!」

「あっ、お腹触ってみて？」

「んー？　おー！　なんかうごいてるじょー！」

「ふふふ、この子も早くアベルくんと遊びたいって、生まれてくるのを楽しみにしてるのよ」

「しょっかー、へへ、おれもたのしみだじょー」

アベルくんはしばらくお腹を眺めたあと、グゥとお腹を鳴らして帰っていきました。

そうそう、アルフレッドさまですが、豊穣神の加護のおかげで遠くからでもこちらに帰ってこられるそうで、これまでもカリーナさんたちの出産に立ち会っておられました。

「あ……、また動いた……」

わたくしのときも、立ち会ってくださるのかしら？

第二章

1　エイミーとの再会

その後俺とカリーナは寝たり起きたりというのを何度か繰り返しつつ、ダラダラと過ごした。

俺のほうはたいした疲れも無かったのだが、カリーナはかなりお疲れのようだった。

「んにゃぁ、アルゥ……、おしっこ漏れちゃうニャ」

「はいはい」

と、ベッドから出る用事があるときはこうやって俺に甘えてきて、担いで運んでやった。

そのうえカリーナがずっと裸でいたがったので、基本的には全裸でベッドに潜り込んでいた。

まぁ、カリーナの健康的なスベスベの肌と触れあいながら、彼女の温もりをダイレクトに感じられるのはとても心地よかったからいいんだけど。

夜には部屋まで食事が運ばれてきた。

「いつの間に頼んだんだ？」

「にゅふふ。この時間までウチが戻らないときは持ってくるように言うとったニャ」

食事を運んできたのは、ここの住人と思われる十歳くらいの女の子だった。

こういうちょっとした作業を頼み、小遣いを渡しているのだとか。もちろん親の許可を取って。

「こ、ここに置いとくね」

「ありがとニャ。お小遣いはあとで渡すニャ」

「う、うん……！」

その子はチラチラと俺たちのほうを見ながら、部屋に据え付けのサイドテーブルに食事の載ったトレイを置くと、顔を真っ赤にしながら逃げ出すように部屋を出て行った。

俺とカリーナはベッドの上に並んで座って、肩までシーツにくるまっていたのだが、まぁ、ちょっとマセた娘ならなんとなく察するよな。

あ……部屋に『聖浄』かけ忘れたから、匂いが充満してたかもしれない……。

「しかし、ここってルームサービスもあるの？」

「ルームサービス？」

カリーナが猫耳をぴこんと立てて首をかしげる。その仕草と表情、すごく可愛いんだけど……。

「あ、いやその、ほら、こうやって食事を部屋まで……」

「あー。これはオーナーの特権ニャ」

といって胸を張るカリーナ。するとシーツがはらりとめくれて、形のいい乳房が露わになる。

「お、おい、胸……」

「にゅふふ……。昨日あんだけウチの恥ずかしいところ見といて、いまさら胸で照れるのかニャ？」

「バカ……。それそれはそれ、これはこれだよ」

「にゃうぅ……。アルー可愛いニャ！」

嬉しそうにそう言いながら猫娘はその可愛らしい胸をシーツで隠し、顔を寄せて俺の頬にキスをした。

その後、運ばれてきた食事——うさぎ肉の燻製と生野菜を挟んだサンドイッチ——をペロリと平らげた俺たちは、それ以降もなにをするでもなくダラダラと過ごし、朝まで浅い眠りを繰り返したのだった。


翌朝、かなり早い時間に目覚めた俺たちは揃って部屋を出た。

「んにゃあぁぁ……。さすがに働かんと仕事がたまってくるニャ」

部屋を出て大きく伸びをしながら半ば愚痴のようにつぶやいた女主人を、俺は一階の受付まで送ったあと、そのまま宿屋を出た。

そして俺の足は自然と豊穣神の神殿を向いていた。

昨日、カリーナの温もりを感じながら過ごしたとき、ふとアルマさんのことが気になったのだ。

彼女はひとりで寂しい思いをしていないだろうかと。

まだ薄暗い早朝、あまり人影の無い町を歩き、俺は豊穣神の神殿にたどり着いた。

「あら、おはようございます」

神殿の前にはほうきを手にした数人のおばちゃんがいて、なにやら楽しそうにしゃべりながら門の前を掃除していた。

「おはようございます」

おばちゃんたちが向けてくる興味深げな視線をくぐり抜け、開け放たれた扉を通って礼拝堂に入ると、中でも数名のおばちゃんが雑談の片手間に長椅子や壁をぞうきんで拭いていた。

それほど大きな声で会話しているわけではないけど、十名近くいるため結構にぎやかだ。

「アルマさん」

俺は礼拝堂の通路を歩き、女神像の近くでおばちゃんたちに囲まれながら談笑しているアルマさんを発見し、声をかけた。

「アルフレッドさま！」

俺に気付いたアルマさんは、どこか嬉しそうな、軽やかな足取りで駆け寄ってきた。

「どうされたんですか？」

「いえ、なんとなく朝早くに目が覚めたんで、ちょっと顔を出そうかなって」

「そうですか。わざわざありがとうございます」

「あの、朝から結構にぎやかですね」

「はい。……もしかして、わたくしのことを心配されて？」

おっと、顔に出てたか。

「すいません。ひとりで寂しい思いをしてたらいやだなと思って……」

「うふふ。言ったでしょう、信者のみなさんが良くしてくださるからって」

「そうみたいですね。ホッとしました」

「でも、来てくださったことはとても嬉しく思います。なので……」

アルマさんは軽く頬を染め、胸に手を当てて少し潤んだ瞳を上目遣いに俺へと向けてきた。

「ええ、時間があればできるだけ顔を出すようにしますよ」

「ありがとうございます……!!」

嬉しそうに笑ったあと、何を思ったのか女神官さんは軽くキスをしてきたのだった。

「あらぁ！　アルマちゃん大胆ねぇ」

「いやん、見せつけてくれるわねぇ」

「若いって素晴らしいわぁ……」

そしてその様子はおばちゃん連中にばっちりと見られていたのだった。

「やだ、わたくしったら、つい……」

〝つい〟で人目を気にせずキスをしてくれるなんて、男冥利（みょうり）に尽きるじゃないか……!!

「ほらほら、いつまで立ち話してんのよ！」

「椅子、綺麗に拭いといたから座んなさいな」

「あたしゃお茶用意してくるわね」

「棚にお茶請け何かあったでしょ？　適当にもってきなさいよ」

とおばちゃん連中に囲まれた俺たちは、根掘り葉掘りといろんなことを訊かれるのだった。

でもそれは結構楽しい時間で、気がつけばお昼前になっており、昼食の準備があるとかでおばちゃんたちは解散していった。

「じゃあ、また来ますね」

「はい。でも、無理はなさらないで。アルフレッドさまの愛情はより多くの人々に注がれるべきものですから」

そう言ったアルマさんは、どこか誇らしげだった。

俺はそのアルマさんの向こうに見える女神像を一瞥した。ザヌエラに訊きたいことがあったのだが、なんとなくそんな気分じゃなくなったので、俺はそのまま神殿を後にした。


一度宿に帰った俺は、住人と思われる女性たちに囲まれて楽しそうに話をしているカリーナの姿を見つけた。

「んにゃ？　アルー、おかえりニャ。どうしたニャ？」

向こうも俺に気付いたようで、ごく自然に――関係を持つ前の、女友達のような雰囲気で――声をかけてきた。

「あー、うん。ちょっと腹減ったなと思って」

「だったら食堂に行くといいニャ。アルーの分はタダにするよう言うとるニャ」

「え、いいの？」

「にゃはは。たくさん働いてくれたし、食材もいっぱい提供してくれたからニャ。好きな物頼むといいニャ」

「おお、ありがとな！」

「そのかわり、また洗濯頼むニャ」

女主人は茶目っ気のある笑顔で、パチリと片目をつむった。


お昼時ということもあってか、食堂はほぼ満席に近い状態だった。

カリーナは好きな物を頼めと言ったが、ランチタイムは単一メニューらしく、この日は猪肉（ししにく）のジンジャー焼きと野菜スープ、マカロニサラダとパンというメニューだった。それらが載ったトレイがいくつか用意されており、客はそれを自分で取って席に運ぶというスタイルのようだ。

「あの、アルフレッドですけど？」

「アルフ……なんだって？」

「えっと、アルーっていえばいいのかな」

「あー！　アルーさんね!!　カリーナから聞いてるよ。好きなの持っていきな」

「どうも」

好きなのといってもトレイの上には同じメニューしか載ってないんだけどね。

従業員のおばちゃんとのそんなやりとりを経てトレイを手にした俺は、全部のテーブルが埋まっていたので相席を申し込むことにした。

女性の着いているテーブルに相席を申し込むなんて、なんだかナンパみたいで照れるけど、客のほとんどが女の人なんだから仕方が無いよな。

「あの、ここいいですか？」

「はい、どうぞー……って、アルフさん？」

「ん？」

知り合いなんているはずのない場所で名前を呼ばれて、少し驚きつつ声の主のほうを見ると、碧色（みどり）の瞳が俺をしっかりと捉えていた。

特徴のある耳、小さな口に薄い唇、透けるような白い肌、波打つような細い金色の髪……。

「エイミーちゃん？」

そう、そこにいたのはこの世界に来て初めて出会った女性、エイミーちゃんだった。

今日の彼女は森の中であったときと違い、ゆったりとした白いシャツにチノパンみたいな七分丈のズボン、そしてローファーというちょいラフでシンプルなスタイルだった。

「あはは、偶然ですね。あ、どうぞどうぞ」

「あ、うん。ありがとう」

　エイミーちゃんもまだ食べ始めたばかりのようなので、俺たちは食事をメインにしつつちょこちょこと言葉を交わしていった。

　しかしこの猪肉のジンジャー焼き、グレートボアという魔物の肉を使っているのだが、ようは豚のしょうが焼きみたいなもんだろ？　と思って食べてみたら、ショウガと塩胡椒（こしょう）だけの味付けだった。もしかするとこの辺には醤油が無いのかもな。肉のうまみがかなりあるのでこれはこれで旨かったが、【収納庫（ストレージ）】から醤油の小瓶を出すかどうかで少し迷った。まぁこんな人の多いところでそんな物出す勇気は無いんだけど。

「あ、じゃあエイミーちゃんは獲物を全部卸せたんだ」

「はい。いつもより多くて助かりました」

「そっかぁ。俺は一足遅くてね。持ち金も全部寄付しちゃったもんだから、無一文でさ」

「え……？　じゃ、じゃあいくらかお渡ししましょうか？　わたしが受け取った物の中にはアルフさんが狩った物もあったわけですし……」

　しまった。ちょっとした失敗談でウケを狙うつもりが、心配させちゃったか……。

「いやいや、いいんだよ。別に困ってるわけじゃないし」

「でも、お金がないと」

「大丈夫。カリーナがここの仕事をいくつか回してくれてるし、食材も提供してるから、宿と食事はタダなんだ」

「あー、そうなんですね」

「うん。別にいま取り立てて欲しいものもないし」

「そうですか……。でも、もし何か困ったことがあったら、いつでも声をかけてくださいね。お力になりますから」

「ありがとう。そう言ってくれるだけでも嬉しいよ」

なんだろう、エイミーちゃんと話してるとすごく楽しい。アルマさんやカリーナと過ごした時間も素敵だったけど、この娘はまたなにか雰囲気が違うというかなんというか。

「ふぅ……もう、お腹いっぱい」

そう言って大きく息を吐いたエイミーちゃんのトレイには、まだ猪肉のジンジャー焼きが少し残っていた。

「あ、それいらないんなら、もらってもいい？」

「え？　あの、でも……、わたしが口をつけたものですけど……」

「あー、ごめん。嫌ならべつにいいんだ。ちょっともったいないかなぁと思っただけだから」

そう、元日本人の俺にはもったいない精神が魂魄（こんぱく）レベルで染みついているらしく、食べ物を残すという行為に少し抵抗があるのだった。だからといって、他人が残すのをどうこう言うつもりは無いけどね。お腹いっぱいなのに無理して食べる必要も無いと思うし。

「あ、いえ……、アルフさんが嫌じゃなければ、どうぞ」

「いいの？　じゃ、いただきます」

と、平静を装ってはみたものの、エイミーちゃんの恥ずかしい様子を見て俺もちょっと気まずかったりするんだ。なんというか、女の人が食べ残した物をもらうのって……、恋人っぽくない？　いや、それはさすがに意識しすぎか……。

「じゃあこれ、返してくるよ」

「あ、そんな……。あの、ありがとうございます……」

そんな気まずさをごまかすように、俺はエイミーちゃんのトレイも手に取って食器の返却口へ行った。そして、少し申し訳なさそうな様子でトコトコと俺の後をついてきたエイミーちゃんと一緒に食堂を出た。

この食堂は宿屋に併設されているが、通りに面した出入り口もあるので、宿屋を通らず外に出ることができるのだった。

「んんー……。さて、どうするかな」

通りに出てぐっと身体を伸ばしたあと、何の気なしに俺はつぶやいた。

そういや俺、何をすればいいんだろうか？

「あの、アルフさん？」

「ん？」

「これからなにかご予定はありますか？」

「いやー、それが全然無いんだよね。何して過ごそうかなぁ」

「だったら、お買い物に付き合ってもらえませんか？」

「か、買い物……？　俺と、エイミーちゃんが？」

「はい！」

「ふ、ふたりで……？」

「そうですよ」

そ、それってもしかして……。

「あの、俺なんかでよかったらいくらでも付き合うけど」

「やった!!」

エイミーちゃんが飛び跳ねそうな勢いで喜んでくれた。

「じゃ、さっそく行きましょう！」

そう言って向けられた笑顔はとてもまぶしくて、俺は思わず目を細めてしまった。

いまからエイミーちゃんとふたりっきりで買い物ということは……、デート？

エイミーちゃんとの買い物は楽しかった。ほんと、すっごく楽しかった。

こうやって女の子とお店を回ることが、こんなに楽しいとは思ってもみなかった。

……でも、これってデートじゃないよね？

「えーと、次は……」

まずエイミーちゃんと向かったのは古着屋さん。

そこで彼女は、子供向けのいろんなサイズの服を三十着くらい購入した。

次に金物屋さんでフライパンやお玉、包丁なんかの調理器具を、雑貨屋さんでは食器や掃除道具なんかの日用品を買って回った。

八百屋さんや肉屋さんに寄って食材も購入したが、その量がまた半端ない。

二人で消費するのだとしたら、半月ぐらいかかるんじゃないだろうか。

果ては寝具屋さんでシーツを二十枚ほどと、マットレスを五台購入。

「ほんと、アルフさんがいてくれて助かります。大きな物なんかはなかなか買えなくて……。運んでもらうのにもお金がかかりますし」

それらの荷物をすべて【収納庫】に入れて運んでいた。うん、デートっていうより、ただの荷物持ちだね。いや荷物持ちでも別にいいんだけど、これ、絶対エイミーちゃんの個人的な買い物じゃないよね？

「よーし、必要な物は全部揃ったかな。じゃ、行きましょうか！」

いまさらなんのための買い物だったのかなんて、恥ずかしくて訊けないから、俺は意気揚々と歩くエイミーちゃんのあとを付いて歩いた。

商店が並ぶ比較的活気のあるところから、大通りを進んでいくと、やがて店の数が減り、人の数が減り、たどり着いたのは閑静な——というよりは閑散とした——住宅街だった。

そのなかのひときわ大きな邸宅の前で、エイミーちゃんは足を止めた。

「おつかれさまでした。ここです」

「うへぇ……」

俺の背丈ほどある石塀に囲われた大きな邸宅を目にした俺は、思わず声を漏らしてしまった。

見たところ二階建ての家で、石材と木材を上手く組み合わせた、荘厳といっていい建物だった。

四〇〇メートルトラックが入りそうなくらい広い庭、家もちょっと小さめの小学校ぐらいはあるんじゃないだろうか？　ちょっと手入れが行き届いていない部分も見受けられるが、これは誰がどう見ても豪邸といっていい建物だった。

もしかして……、エイミーちゃんてお貴族さま？

「あ！　おねえちゃんだっ!!」

そんなことを考えていると、庭のほうから子供の声が聞こえてきた。

「ほんとだ、エイミーお姉ちゃん！」

「おねえちゃんおかえりー!!」

と、どこから現れたのか、十数人の子供たちがエイミーちゃんのほうに駆け寄ってきた。

「はい、みんなこんにちはー」

そしてエイミーちゃんは、慣れた様子で子供たちを迎えていた。

「ぎゃんっ⁉」

そんなエイミーちゃんと子供たちの様子を見ていると、突然向こう脛に激痛が走り、情けない悲鳴を上げてしまった。

視線を落とすと男の子が腰を落として構えており、どうやら俺はこの子に脛を蹴られたらしい。

弁慶の泣き所はどうやら聖騎士にとっても泣き所のようで、こんな子供に蹴られただけだというのに俺は足を抱えてしゃがみ込んでしまった。

「ちょと、バルムくん何やってんの⁉」

「いてて……」

俺は脛を押さえながら、バルムと呼ばれた子供を見た。頭から犬耳の生えた獣人の少年で、歳は十歳前後だろうか。なぜかしらないけど、俺に敵意丸出しの視線を向けている。

「エイミー、くるな！　不審者だっ!!」

バルム少年は駆け寄ってくるエイミーちゃんと俺との間に立ちふさがり、俺を指差して宣言した。うん、前世ならともかくイケメンに転生したいま、まさか不審者に間違われるとは思わなんだよ。

「何言ってるのよバルム君⁉　アルフさんはお買い物手伝ってくれた親切な人だよ」

「なんだって⁉」

エイミーちゃんの言葉に驚いたバルムくんは、さらなる敵意を込めて俺を睨みつけてきた。

「そうか……。ならお前は詐欺師だな⁉　エイミーを騙して一体なにを――――ぁいてっ‼」

俺を糾弾することに夢中だったバルムくんは背後から近づく人影に気づかず、げんこつを食らってしまった。

「なにをごちゃごちゃ言っとるんだい、このクソガキは」

バルムくんにげんこつを食らわせたのは、神官に似た格好をした老婆だった。その神官服はアルマさんが着ていたものよりもゆったりとしていて、色合いも少し落ち着いて見える。

その老婆はベールを被っており、その下からのぞく眼光はかなり鋭いものがあった。

「いってぇなばあちゃん！　なにすんだ……ひぃ‼」

殴られた頭を押さえながら抗議したバルム少年だったが、老婆にギロリと睨み返され、短く悲鳴を上げてへたり込んだ。

その鋭い視線が俺に向けられたが、彼女の表情はすぐ穏やかなものになった。

「エイミーが世話になったようだね」

そう言いながら、老婆はしっかりとした足取りで俺の方に歩いてきた。いつまでもしゃがみこんではいられないと、少しましになった脛の痛みを我慢しながら、俺が立ち上がると、老婆が手を差し出してきた。

「はじめまして。この孤児院の院長をしているヴィルマというものだ」

「あ、はじめまして。アルフレッドと申します」

ヴィルマさんの手を取り、軽く頭を下げる。

「立ち話もなんだ。茶でも出すよ」

その後俺たちはヴィルマさんの案内で孤児院に入った。ここは元々貴族の邸宅だったらしいが、当主も跡取りもみんな戦死し、残された女性たちは夫人の実家を頼ってこの町を離れたらしい。

その際にこの邸宅が寄贈され、それを孤児院として利用しているのだとか。

ちなみに孤児院は慈愛神の管轄なので、ザヌエラやアルマさんは絡んでいない。

「じゃあエイミーちゃんもここの……？」

俺はいま院長室になっている邸宅の書斎で、ヴィルマさんとお茶を飲みながら話をしている。

「ああ。今は一人立ちしたけれど、あの子もここで育ったんだよ。あの子は父親がハーフエルフ、母親がヒューマンで、どちらも凄腕（すごうで）の冒険者でね。だから母親も一緒に戦場へ出たんだが、帰ってこずという具合だ。あと数年戦争が長引いていれば、あの子も戦場に出てただろうね」

「そうなんですね……」

おそらくエイミーちゃんみたいな境遇の子は多いんだろうな。でもここにいる子たちはみんな元気そうだった。もちろん俺にはわからない苦労があるんだろうけど。

話が一段落ついたところで、俺はエイミーちゃんと一緒に買ったものを、【収納庫】から取り出して、配置したり片付けたりしていった。

子供たちも手伝ってくれて、意外とみんなテキパキと動けることに驚いていた。まぁこういうところで生活する以上、身の回りのことやちょっとした家事ぐらいはできないとだめなんだろう。

ただ、相手は子供だから、黙って手だけを動かすなんてことはないわけで……。

「ねぇねぇおにいちゃん。いまからおままごとしようよー」

「ばっか、にいちゃんはおれたちと鬼ごっこするんだよ！」

「やだー。ご本よんでー」

「おい！　俺との勝負がついてないぞ!!」

とまぁこんな感じで絡まれるわけだ。いや、俺って前世じゃ女の人と縁がなくって、そうなると必然的に子供とも関わりが少なくなるんだよなぁ。

つまり、俺は子供が苦手なのである。

「いやー、はは……。あの、まだやることあるからねー」

なんて、子供相手に愛想笑いしかできない自分がちょっと情けない。

「ほらほら、アルフさんが困ってるでしょ」

そんなときはエイミーちゃんが上手くあしらってくれるんだよね。

「マリンちゃんはシーツ畳むの手伝って。せっかくアルフさんがきれいにしてくれたんだから。

おままごとならあとでわたしが付き合ってあげるからね」

「はーい」

「キリルくんは遊んでばっかりいないで、ミーナちゃんにご本読んであげて。バルムくんはアルフさんに勝負挑まないの」

こうやってエイミーちゃんが穏やかな口調でいろいろと指示を出すんだが、魔法みたいに子供たちが言うことを聞くんだよな。

「アルフさん。今日は本当に助かりました。ありがとうございます」

「いやいや。役に立てて俺も嬉しいよ」

「あの、そろそろ夕食の準備を始めようと思うんですが、アルフさんはどうされます？」

「えっと……、よければそれも手伝うけど？」

「じゃあ、一緒に食べるということでいいですか？」

「迷惑じゃなければ」

「迷惑だなんて！　じゃあ今日は腕によりをかけて作りますね！」

エイミーちゃんがニッコリと笑う。笑顔が可愛いなぁ。

……って、あれ？　散っていった子供たちがなんか固まってるんだけど？

と思ったら、みんなすごい形相でこっちに戻ってきた。

「ね、ねぇ……。今日はエイミーお姉ちゃんが晩ごはん作るの？」

「うん。そうだよ。せっかくアルフさんもいるし、今日は頑張っちゃおうかな」

なんだろう、子供たちの顔色が悪いんだけど……。

「あ、あのさ、ミーナに本読んでやるの代わってよ。おれ、用事思い出したから」

「あたしも……エイミーお姉ちゃんに読んでほしいなー……」

「もー、わがまま言っちゃダメでしょ？」

そんな中、俺の服の裾を引っ張る者がいた。そちらに目を向けてみると、バルムが泣きそうな顔で俺を見上げていた。

「お、お前……いえ、アルフさん」

「ん？　なんだバルム君、急にかしこまって」

「アルフさんは、お料理はお出来になられやがりますですか？」

「わけのわからん敬語使うな。普通に話してくれていいよ」

「う……、その、アルフは、料理を……？」

「まぁ、簡単なものなら」

その言葉に、子供たち全員の視線が俺に集まる。

「おにいちゃん、手伝ったげて!!」

「そうだよ、エイミーお姉ちゃんひとりじゃ大変だよー」

「こらこらー。アルフさんに無理言っちゃいけないいじゃない」

にこにこと子供たちをたしなめるエイミーちゃん。しかしその子供たちは俺にすがるような視線を向けてきた。

「えーと、エイミーちゃん。ただ待ってるだけっていうのもしんどいから、手伝うよ」

「そうですか……？　じゃあお願いしようかな」

それを聞いた子供たちは、安堵したように大きく息を吐いたのだった。

さすが元は貴族の邸宅だけあって、調理場も立派なものだった。

魔導コンロという、魔石をエネルギー源として動く大きなコンロが四つも五つも並んでおり、大鍋もたくさん用意されていた。

調理台や流しも広く、昔バイトしていたファミレスのキッチンに少し似てるかな。

「じゃあうさぎ肉を切り分けていきますね」

俺が解体したグレートラビットの肉は、血抜きも完璧だし骨と内臓も取れているが、肉は丸々形を残しているので、部位ごとに切り分ける必要がある。

エイミーちゃんは解体用のナイフを使って手際よく作業を進めていた。

……あれ、めちゃくちゃ手際よくないか？

なんというか、子供たちの反応を見るにエイミーちゃんってメシマズなんじゃないかと思ってたけど、普通に料理できそうだよね——と思っていた時期が俺にもありました。

「ちょ、エイミーちゃん！　それ丸ごと鍋にぶっこむの？」

エイミーちゃんは部位ごとに切り分けた数体分のウサギ肉を、そのまま鍋にぶち込もうとしたのでとりあえず止めておいた。今日のメインはウサギ肉と野菜のスープなので、ウサギ肉を鍋に入れること自体はそこまで問題じゃない。でも、それ部位ごとに大まかに切り分けただけのブロック肉ですよ？

「えっと、スープなんで煮込まないと」

「うん、そうだけど、一口サイズに切るとかさ」

「え？　でもナイフとフォークはありますよ？」

「いや、スープだよね？　わざわざ器から取り出して食べる前に切るわけ？」

「あ、そっか！　うっかりしてました」

そう言ってわしづかみにしていたブロック肉を調理台に戻したあと、エイミーちゃんは包丁を手に取り、ガンガンと肉に叩きつけていった。

「ストーップ!!　なにやってんの？」

「お肉を一口大に……」

「いや、さっきみたいにスーッと切ってくれればいいんだけど」

「でも、あれは調理でなく解体の工程ですよ？　お肉を切り分けるのナイフを使うのっておかしくないですか？」

「いや、ナイフは使わなくていいんだよ？　包丁を使って……いいや、俺がやるからエイミーちゃんは他のことを……」

そこからもエイミーちゃんはいろいろとやらかしてくれた。

「いや、だから火の通りづらい根菜から先に――」

「でも、一緒のお鍋で煮るのに順番って大事ですか？」

「ちょっと、その前に灰汁（あく）を」

「あく……？」

「とりあず味見お願い」

「どうせ後で食べるんだから、いま食べなくてもよくないですか？」

これ、あれだ。エイミーちゃん、やっぱメシマズだ。

苦肉の策として、エイミーちゃんには足りない食材があると言って買い出しに出かけてもらい、その間に俺は料理を進めていった。食材はそれなりに揃っていたし、調味料は【収納庫】内のものを使い放題だから、あまり凝（こ）ったことをせずシンプルな味付けを心がけた。

買い物に付き合った時に乾燥パスタみたいなものを見かけていたので、エイミーちゃんにはそれを買いに行ってもらい、調味料の中にトマトケチャップがあったので、余った食材を使ってナポリタンを作った。

【収納庫】内にはサラダ油もあり、じゃがいもっぽい食材もあったので、フライドポテトも作っておく。これと肉野菜スープがあれば晩餐のメニューとして問題ないだろう。

「うんめー!!」

「お、おま……いえっ、アルフさん！　この赤いパスタ最高っす!!」

「お肉やわらかーい」

「スープも味がしっかりしてて美味しいね。おにいちゃんすごい！」

「この揚げ芋うまっ!!　アニキ天才だぜっ」

「私も長年生きてるけど、こんなにうまいメシは初めてかねぇ。ありがとよアルフレッド」

まぁザヌエラが用意してくれた現代日本の調味料があれば、これくらいの味は誰にでも出せるんだけどね。だって、野菜スープなんて、固形コンソメに塩コショウを追加しただけだし、ナポリタンは最初に塩で具材を炒めたあと、ケチャップとウスターソースを少し絡めながらさらに炒めただけだし、ポテトに至っては切って揚げたあと塩をまぶしただけだし。

「わ、わたしも手伝ったんだけどな……」

みんなが俺ばっか褒めるもんだからエイミーちゃんがちょっと不満げだった。

2　エイミーと……

「うふふ。アルフさん、すっかりみんなに気に入られちゃいましたね」

「あー、そうなのかな」

食事のあと、しばらく子供たちの相手をした俺とエイミーちゃんは日没とともに孤児院を出た。

あたりはすっかり暗くなっているが、町の大通りには街灯が並んでおり、それなりに明るく、ちらほらとだが人通りもあった。そんな夜道をエイミーちゃんと並んで歩いていると、まるで恋人同士になったみたいで、俺は密かにドキドキしていた。

でも楽しい時間はすぐに終りを迎える。俺たちは、あっという間に宿屋『猫の額』に到着した。

「じゃ、俺はここなんで」

「ふふ。実はわたしもここなんです」

「え、そうなの？」

まぁお昼はここの食堂で食べてたし、おかしくはないか。

宿屋の入り口は日没とともに鍵がかかるのだが、宿泊客や住人は問題なく通れるようになっている。どうやらステータスでの決済を活用したセキュリティシステムらしく、エイミーちゃんがドアに手をかけると、ガチャリと鍵が開いたので、二人で宿屋に入った。

受付台にはうっすらと灯り(あか)がついているものの、そこには誰もいない。ベルを鳴らせば奥から誰か出てくるらしい。

夜間のフロント業務も、住人や宿泊客の持ち回りらしく、女主人のカリーナが出てくることはほとんどないのだとか。もちろん宿直担当者にはそれなりの手当は出るけどね。カリーナに頼んで今度やらせてもらおうかな。

無人のロビーを素通りした俺たちは、そのまま客室へと続く階段をのぼった。

「えっと、じゃあ、わたし、三階なんで」

「そっか、俺は五階だから」

そう言ったっきり、俺は動きを止めてしまった。あとは踵を返して階段を上り、部屋に帰ってゆっくり休むだけなんだけど……、正直このまま帰りたくない。

エイミーちゃんともっと話していたい。

「あの、さ。もうちょっとエイミーちゃんと話していたいんだけど」

だから俺は思い切って今の気持ちをストレートに伝えてみた。そしたら、エイミーちゃんはにっこりとほほ笑んでくれた。

「よかった……。わたしもアルフさんとお話しするの楽しいから、ちょっとさみしいなって思ってたんです」

ま、まじですかー!? 断られたらどうしようかとドキドキしていたので、俺は嬉しさのあまり飛び上がりそうになるのを必死で耐えた。

「あ、でも……、わたしの部屋、いまちょっと散らかってるから……」

「いや、別に俺はそんな気にしな――」

「アルフさんのお部屋に行ってもいいですか？」

「――え？」

俺の部屋に……、エイミーちゃんが？

こうやって女の人を誘うのは初めてなので、正直に言えば緊張のあまりこの場から逃げ出したくなっている。アルマさんやカリーナのときは、もちろんドキドキはしたけど、どちらかというと向こうがリードしてくれたもんな。

でもエイミーちゃんはふたりと違ってどこか控えめで、俺がリードしなくちゃいけないような感じなんだ。だから、すごく緊張する。

でも、ここでビビったら一生後悔すると思った俺は、勇気を出して口を開いた。

「いこうか、俺の部屋」

「はい」

俺の気を知ってか知らずか、エイミーちゃんは無邪気な笑顔で応えてくれた。

「わぁ、きれいなお部屋。なんだか、凄く落ち着きます」

口から心臓が出そうになるのを必死で抑えながら、できるだけ平静を装って部屋に戻った俺は、まず自分だけで部屋に入った。

そしたらカリーナとやりまくったときの匂いがまだほんのり残っていたので、俺は数少ない家具や部屋全体に、全力で『聖浄』をかけまくった。

実はあまりに緊張しすぎて部屋につくまで俺は無言で、その緊張が伝染ったのかエイミーちゃんも無言で、ちょっとだけ気まずい空気になってたんだ。

でも『聖浄』できれいになった空気をゆっくり吸って深呼吸すると、不思議と落ち着くことができた。

エイミーちゃんが部屋に入るなり〝落ち着く〟といったのもそのおかげだろう。きれいな部屋と感じたのは、単に物が少ないからだと思うけど。

「椅子とか無いからベッドに座ってもらっていい？」

「あ、はい」

俺たちはベッドに並んで座り、お茶を飲みながらまったりとすごした。

ちなみに俺は日本での習慣もあり、部屋を入ってすぐのところで靴は脱いでもらった。

最初こそ緊張していたものの、『聖浄』の効果で落ち着いたおかげか話し始めると普通に話せた。

ただ、お互いあまり過去のことには触れずに話しており、そうなると話題はすぐに尽きてくる。

孤児院の子供たちの話や、宿屋でこき使われた話なんかはもちろん盛り上がったんだけど、だんだんと話題もなくなり、それにともなってお互いに言葉数が少なくなってくる。

そして、無言で見つめ合う時間が長くなり、落ち着いていた鼓動が徐々に高鳴り始めた。

「…………」

「…………」

無言で見つめ合ってどれくらい経っただろうか。

もう何分も経っているような、でもまだ数秒も経ってないような……。

部屋にはお互いの少し荒い呼吸音だけが響いていて……。お互いの……？

そうか、俺だけじゃなく、エイミーちゃんも緊張しているのか。

そうだよな。だったらここは、俺がリードしなくちゃいけないよな。

「あ……」

俺はエイミーちゃんと見つめ合ったまま、彼女の肩を抱いて引き寄せた。彼女は少し驚いたように声を漏らしたが、すぐに俺の顔を見上げ、そしてゆっくりと目を閉じた。

いくら経験が少ないといっても、ここまでくれば何となく分かる。

俺はそのまま彼女の唇を奪った。

「ん……んむ……」

唇同士を触れ合わせるための浅いキスをしばらく続けたあと、俺は彼女の唇を優しく咥（くわ）えるように口を動かすと、向こうもおそるおそるそれに応えるように、唇を求めてきた。

「はむ……んむ……ちゅぷ……あむ……」

お互いにそうやって唇同士を求め合ったあと、俺は優しく舌を伸ばし、エイミーちゃんの口内に侵入した。

「あむ……⁉　んちゅぷ……んむ……レロ……」

一瞬驚いたような声を漏らしたエイミーちゃんだったけど、戸惑いながらも俺を受け入れ、少しずつ舌を絡め始めてくれた。そうやってしばらく彼女の口の中で舌を絡め合ったり、口内粘膜をなめまわしたりしていると、今度は向こうから俺の口の中に舌を入れてきた。

「んぁ……ちゅぱ……レロレロぉ……あむぅ……ちゅるん……」

ぴちゃぴちゃと粘膜同士が絡み合い、だ液が混じり合う。甘い蜜のような香りに脳を刺激され、俺は肉棒が硬くなっていくのを感じていた。お互いの口の中を攻め合い、荒い呼吸音と舌どうしが絡み合うにちゃにちゃという音が室内に響き渡る。

『聖浄』によって浄化された空気は、再び雄と雌の匂いに侵食されていった。

「ちゅる……んちゅ……んむぅ……」

俺はエイミーちゃんとキスをしながら、彼女のシャツのボタンに手をかけ、一つずつボタンを外していった。最初はキスに夢中で気づかなかったエイミーちゃんだったが、さすがにすべてのボタンを外されて前をはだけられる頃には気づいた。一瞬身体がこわばったように感じたが、抵抗の意志はないようだ。

シャツの下にはタンクトップを着ていたので、裾を持ってたくし上げると、恥ずかしかったのか、彼女はギュッと抱きついてきた。

キスをしながら抱きつかれたおかげで彼女の下着姿は上手く見えないが、そこはもう諦めて、俺のほうからもエイミーちゃんの背中に手を回し、そしてブラジャーのホックを外した。

「んんっ!!」

エイミーちゃんが抗議のような声を上げ、身をよじったがもう遅い。

俺は軽く身を引いて互いの身体の間に隙間を作ると、外れたブラジャーの間から手を入れてエイミーちゃんの胸を触った。

「んんーっ!!」

それはカリーナよりも少し小さい胸だったが、手の中に収まるいい大きさだった。

「んむっ!? んっんっ……!!」

優しく胸を揉みしだいていると、その刺激のせいかエイミーちゃんの身体がビクンビクンと揺れる。俺はしばらく胸を揉みしだいたあと、優しく乳首をつまんだ。

「んはぁっ!! あっあっ……、おっぱい、だめぇ……」

エイミーちゃんが仰け反り、キスの時間は終わりを告げた。

「はぁ……はぁ……」

ぼーっと俺のほうを見つめるエイミーちゃんのはだけたシャツに手をかけると、彼女は特に抵抗することなく脱がすに任せてくれた。

タンクトップの裾に手をかけると自分から腕を上げてくれ、続けてブラジャーを完全に外したところで、ようやく思い出したように胸を隠すのだった。

「や、あ……。むね、ちっちゃいから……」

確かに触った感じはそれほど大きくなかったけど、でも小さすぎるということもなかったと思う。仮に小さくったって俺は気にしないけど。おっぱいの大きさに貴賤(きせん)はないからな。

「大丈夫。恥ずかしくないから」

俺は優しく語りかけながら、胸を覆うエイミーちゃんの手を取った。

「あぁ……、やぁ……」

恥ずかしげな声をあげるエイミーちゃんだったが、それほど抵抗することなく腕を解いてくれた。

露わになったエイミーちゃんのおっぱいはそんなに大きくないけど、形はすごくいい。真っ白で、綺麗に膨らんだ乳房の中央がツンと上向きに立っており、その先端には桜色の乳首があった。同じく桜色の小さな乳輪の中央にあるその乳首は、すでにぷっくりと大きくなっていた。

「んぅ……恥ずかしい……」

エイミーちゃんは恥ずかしそうに顔をそらしたが、胸を隠そうとするのはなんとか我慢しているようだった。

「エイミーちゃんのおっぱい、凄く綺麗だ」

「……ほんとに?」

「ああ……」

俺は吸い寄せられるように彼女の胸に顔を埋め、乳房を揉みながら、乳首に舌を伸ばした。

「んあああぁぁぁっ!!」

胸をもみ、乳首をチロチロと舌で舐めていく。そうやって刺激されるたびに、エイミーちゃんの身体はビクンビクンと揺れた。

昼間買い物をしたり孤児院の世話をしたりしたあと、シャワーも浴びていないので、乳首を舐めると汗の味がしたんだけど、それはどこか甘い香りをともなっていた。

俺は胸を攻めながら、ズボンのボタンに手をかけた。

「あ、やめ……そこはっ……んううううっ!!」

さすがにここは怖いのか、エイミーちゃんが俺の手を抑えようとしたが、コリッと乳首を噛むと身を仰け反らせたので、その隙にズボンの中へ手を突っ込んだ。

「やっ！　ああああっ!!」

パンツの上からでもわかるほどエイミーちゃんの股間はじっとりと濡れていた。

「やぁ……」

エイミーちゃんが恥ずかしそうに両手で顔を覆いながら、身をよじる。もう準備万端整っていると思った俺は、ベッドに腰掛けていたエイミーちゃんをお姫様抱っこした。

「きゃっ!?　え？」

戸惑うエイミーちゃんをよそに、俺は彼女を抱え上げ、ベッドの上に仰向けの状態で横たえた。

そして、ズボンのウェストに手をかけ、ゆっくりと下ろしていく。

「あ……やぁ……そんな……」

彼女は恥ずかしそうに腰をよじったが、もはや抵抗する気はないようだ。

ズボンの下からは、ぐっしょりと濡れた白いショーツが現れ、分厚いクロッチ部分でも受け止めることができないほど、大量の愛液が染み出していた。

「あ……」

俺がショーツのウェストに手をかけると、少し怯えたような声をエイミーちゃんはあげたが、やはりこれ以上抵抗するつもりはないらしく、両手で顔を覆って恥ずかしがってはいるが、脱がされるに任せていた。

ショーツをずらすと、クロッチと秘部との間にドロリと糸が引かれる。

「やぁ……恥ずかしい……」

露わになったエイミーちゃんの股間には、恥毛が一切生えていなかった。

ツルツルの股間の先にある割れ目がくっきりと見える。

エイミーちゃんだけ裸にするのも申し訳ないので、俺も手早く服を脱いで全裸になった。

「あぁ、そんな……大きい……」

顔を覆った手の指の隙間から、エイミーちゃんはチラチラと俺の股間を見ていた。いきり勃った肉棒の先端からは、透明の汁が溢れ出ている。俺の方もそろそろ我慢の限界かもしれない。

「あっ、やぁ……広げないでぇ……」

俺は閉じられていたエイミーちゃんの足を広げた。多少抵抗はあったが、結局俺にされるがまま、彼女は足を大きく開き、股間を露わにした。

わずかに開いた割れ目の奥に、ぬらぬらと光る膣粘膜が見える。粘膜は乳首と同じ桜色だった。

俺はその割れ目に手を伸ばし、優しく撫でるように指でなぞった。

「ひぃあぁぁっ!!」

エイミーちゃんの身体がビクンっと震える。

俺はさらに秘部へ顔を近づけた。甘酸っぱい雌の匂いがツンと鼻腔を刺激する。その匂いに軽いめまいを覚えながら、俺は秘部に向かって舌を伸ばした。そしてさっき指でなぞったように、割れ目の表面を優しく舐めた。

「んあぁあっだめぇ……!! そんな……汚い……」

少し嫌がるエイミーちゃんを無視しながら、俺はチロチロと舌を動かした。

「んっんっんっ!! やっ! だめっ……変に、なっちゃうぅっ!!」

舌が膣の表面を舐めるたびに、エイミーちゃんがビクッビクッと震える。そして、もうぱっくりと開いてしまった割れ目の奥で、桜色の粘膜がヒクッヒクッと動いていた。

ひとしきり粘膜をねぶり倒した俺は、陰核に舌を伸ばした。

「んひぃっ!! だめっ、そこは、ほんとにだめぇっ!!」

悲鳴のような喘ぎ声をあげながら、エイミーちゃんが腰をガクガク震えさせる。

しかしそんなものは無視して、俺は陰核を攻めた。包皮を優しく舌で剝(む)いてやると、ぷっくりと膨らんだ陰核が全貌を露わにし、俺はさらにそれを舌先で刺激し続けた。

「んんーっ！　んんーっ!!　だめっ！　なにか……なにかきちゃううぅぅぅっ!!」

がくがくと震えていた腰の動きが小刻みになり、やがてエイミーちゃんは全身を強張らせた。

どうやら絶頂に達したらしい。

「はぁ……はぁ……」

そして少し落ち着いたところで、彼女は恨みがましい視線を向けてきた。

「んむぅ……、アルフさんの、いじわる……」

「ごめんごめん……。エイミーちゃんがあんまりにも可愛かったから、つい」

「むぅ……そんな言い方、ずるいです……」

そうやって口を尖らせるエイミーちゃんに俺は覆いかぶさり、そのまま唇を奪った。

「んちゅ？　んむ、レロレロぉ……ちゅる……ちゅぷ……」

彼女のほうも抵抗なく俺を受け入れ、しばらく舌を絡めあった。

「んはぁ……はぁ……はぁ……」

キスを終えたあと、俺達はしばらく無言で見つめあった。そしてエイミーちゃんが意を決したようにうなずく。

俺は身体の位置を少し調整し、ひくひくとうごめく粘膜にピトリと亀頭をあてがった。

「んぅっ……！」

秘部に受けた感触のせいか、エイミーちゃんが短く喘いだ。

しっとりと濡れた桜色の粘膜が、亀頭に絡みついてくる。彼女の体温を先端に感じながら、絡みついた肉襞の求めに応じるように、俺はゆっくりと腰を押し進めていった。

「んぁ……んっ……!!」

柔らかな秘肉に包まれながらゆっくりと膣口を通ろうとしていた肉棒の侵入が止まる。俺は先端に行き止まりのようなものがあるのを感じ取った。

「まさか、エイミーちゃん……」

ふとエイミーちゃんの顔を見ると、彼女は期待の中にわずかな怯えをはらんだような表情でこちらを見ていた。

エイミーちゃんは……処女だった。

前世で童貞だった俺に、処女とのセックス経験なんてもちろん無いし、転生してから関係を持ったアルマさんもカリーナも経験があった。ザヌエラは微妙なところだけど、たぶん俺を受け入れやすい肉体を用意していたのだろう。

だから俺には処女との経験はないし、エイミーちゃんに確認を取ったわけでもないのだが、先端に感じる感触、そして彼女の表情から、俺は確信した。このまま彼女の初めてをもらってもいいのだろうか？　そう思いながらエイミーちゃんのほうを見た。

彼女は恥ずかしそうに一度目を逸らしたあと、少し覚悟を決めたような表情で俺を見直し、そ

して ゆっくりと頷いた。

ここまできて引き下がるのは逆に失礼だろう。

なにより、俺が彼女の初めてを奪いたいと思ってしまった。

使命とは関係なく、ただ一人の男として、彼女の初めての相手になりたいと、そう思った。

「ん……ぎぎ……」

ゆっくりと肉棒を押し進めていくと、エイミーちゃんの顔が苦痛にゆがむ。このまま押し切ったほうがいいのだろうか？　それともゆっくりとなじませていったほうがいいのだろうか？

彼女の処女を奪うと覚悟は決めたが、だからといって苦痛にゆがむ顔を見たいわけじゃない。

「だいじょうぶ……そのまま……」

俺の戸惑いを見抜かれたのか、エイミーちゃんは目に涙を浮かべ、ぎこちない笑顔を浮かべた。

「じゃ、いくよ？」

「……きて」

俺は少し呼吸を整えたあと、息を止め、一気に腰を押し込んだ。

「ひぎぃぃぃぃぃっ!!」

ブチンとなにかを肉棒が貫き、一気に奥まで入り込むと、エイミーちゃんが悲鳴をあげた。

「ごめん！　魔法で……」

あまりにも悲痛な叫びだったため、慌てて彼女を癒そうとしたのだが、エイミーちゃんは俺の顔を両手で包むと、フルフルと首を横に振った。

「おねがい……このまま……」

「でも……」

「いいの……。アルフさんとの初めてだもん。この痛みも、ちゃんと心に刻んでおきたいの」

荒い呼吸に胸を上下させ、ぎこちないながらもそう言って笑うエイミーちゃんが健気すぎて、俺は思わず抱き締めそうになったのだが、わずかな動きでも痛いようなのでなんとか思いとどまる。挿入からしばらくのあいだ、俺たちは互いに見つめ合ったままじっとしていた。

俺の肉棒はまだ硬いまま、エイミーちゃんの膣内に根本まで入っている。

彼女の膣は、これまで交わっていた誰とも違っていた。まったく締め付けることがなく、ただただ優しく包み込んでくれているという感覚だ。温かい液体の中に浮かんでいるような、そんな心地いい状態だった。

「アルフさん……動いても、いいですよ」

エイミーちゃんが気遣うように声をかけてきた。たしかにこのままではいつまでたっても終わらないわけだけど、でも、大丈夫なんだろうか。

「大丈夫……。わたしのことは気にしないで、アルフさんの好きに動いてください」

「でも……」

「アルフさんが気持ちいいと、わたしもたぶん、幸せな気持ちになれると思うから」

そう言ってほほ笑んだ彼女の笑顔からは、さっきみたいなぎこちなさは消えていた。

「じゃ、動くよ?」

「はい……」

俺は根本まで挿し込んだ肉棒を抜くように、ゆっくりと腰を引いた。

柔らかくまとわりついていた粘膜が、少しずつ剝がれて肉棒を優しくこする。

「んぐぅ……ぎぎ……」

ほんの少し、とてもゆっくりと動いただけだが、エイミーちゃんの顔が苦痛に歪んだ。

「だいじょうぶ……だいじょうぶ、ですから……」

俺が腰の動きと止めると、エイミーちゃんはそう言って動くように促した。

でも、このまま進めちゃってもいいのだろうか?

俺はわずかに引いた腰を、もう一度ゆっくりと押し込んだ。

「ひぐっ!! んぅ……アルフ、さん……?」

俺の動きに疑問を持ったのか、エイミーちゃんが不安げな視線を向けてきた。

「エイミーちゃんはさ。このままじゃいや?」

「え?」

「俺はね。こうやってエイミーちゃんの膣内にいられるだけですごく幸せな気分なんだ。優しく包み込んでくれてる感じがさ、すごく安心できる」

「アルフさん……」

エイミーちゃんの表情がふっと和らぐ。

「わたしも、お腹の中にアルフさんがいるんだって思うと、とても満たされた気持ちになります。このままでも、すごく幸せです。でも、いいんですか？　男の人は、その……動いて、出さないと……、満足できないって……」

和らいでいたエイミーちゃんの表情がわずかに翳る。

「そりゃ、いつかはちゃんとエイミーちゃんの膣内に出したいよ」

「や……アルフさん……」

突然の中出し宣言にエイミーちゃんは照れたように顔をそらした。いや、ここまで許しておいて今さら何を……とも思わなくもないけど、こうやって恥じらう彼女もかわいいな。

「でもさ、焦らなくてもいいんじゃない？　だから、もしエイミーちゃんさえ良ければ、いまはこうやって繋がったまま、まったりと過ごしたいな」

「……ア、アルフさんがそれでいいなら、わたしも」

「ふふ、よかった」

俺は覆いかぶさった状態でエイミーちゃんを抱きしめ、寝返りを打つように体勢を変えた。

「んぐっ……!!」

その動きが少し彼女を刺激したみたいだけど、ここは勘弁してもらおう。

そうやって俺たちは、繋がって向き合ったまま、横に寝そべるような体勢になった。

さすがにずっと上から覆いかぶさったままっていうのはお互いにしんどいからな。

「アルフさん……。キス、してぇ……」

抱き合い、しばらく見つめ合ったあと、エイミーちゃんからキスを求められた。

俺は彼女の求めに応じるように唇を重ね、そして舌を絡め合わせた。

「んちゅる……ちゅぷ……んむ……」

接合し、抱き合ったまま貪（むさぼ）るように唇を、舌を絡めあった。

にちゃにちゃと音を立てて互いの舌同士が絡み合い、口の中いっぱいに甘い匂いが広がっていく。

そうやって、もうどれくらいキスを続けていただろうか。

ただ抱き合ってじっとしていたエイミーちゃんの身体が、わずかにだが動き始めた。

「んむ……んんっ！　はむっ……んはぁっ！」

腰のあたりがもぞもぞとし始め、肉棒の先端を膣壁にこすりつけるように腰の位置を調整しているようで、ほんの数ミリだが、肉棒を上下に擦り始めた。

「んぐふぅっ！　んむぅ……レロレロぉ……ちゅぷじゅるぅ……!!」

腰が少し動くたびに、エイミーちゃんの身体がビクンと震え、キスが激しくなる。

まるで痛みをキスでごまかしているようだった。

「んちゅぷぅ……レロぉ……んはぁっ!!　あ……はぁ、はぁ……」

俺は一度顔を離して、キスを中断した。

「んぅ……アルフ、さん、もっとぉ……」

口の端からよだれを垂らしながら、エイミーちゃんは舌を出してキスを求めてきたので、俺はそれを視線で制した。

「エイミーちゃん、もう動いて大丈夫？」

「え？　アルフさん、なにを……」

「気付いてない？　エイミーちゃん、さっきからちょっとずつだけど腰が動きはじめてるよ」

「っ!?」

目を見開いたエイミーちゃんは、そのまま俺の胸に顔を埋めてしまった。

「ご、ごめんなさい……。アソコが、なんだか切なくて……。やだぁ……わたし、初めてなのに、はしたない…………きゃっ!?」

俺の胸に顔を埋めてプルプルと震えるエイミーちゃんが可愛くて、もう少しからかっても良かったかなって思ったけど、俺もそろそろ限界だったので、思い切って体位を変え、再び俺が覆いかぶさる正常位の形となった。

「痛かったら、言ってね？」

「え？　あの、アルフさ——んああああぁぁぁっ!!」

エイミーちゃんの言葉を遮るようなタイミングで、俺はゆっくりと腰を引いていった。

柔らかく包まれていただけのような感覚だったのに、いざ肉棒を動かすと、貼り付いた粘膜が容赦なく刺激してくる。締め付けられているわけでもないのに、ヌルヌルとまとわりついた粘膜が、肉棒を容赦なくこするのだ。

「ぐぅ……気持ちいい……」

思わず声が出るほどの快感だった。

こんな感覚は、ザヌエラとも、アルマさんとも、カリーナとも味わうことができなかった。

肉棒が一ミリ動くごとにエイミーちゃんも大きく喘ぎ、仰け反った身体がビクビクと震えているのだが、どうやら痛みはあまりないようだった。膣口から亀頭が出るか出ないかのところまで肉棒が引き出された。愛液の絡みついた竿が、卑猥な光を放っているように見える。

接合部に視線を落とすと、カリを咥え込んだ膣口が、肉棒の侵入を求めるかのようにヒクヒクと震えているように見えた。俺は誘われるまま、ゆっくりと腰を沈めていった。

「あううっ！　挿入ってくる……アルフさんのがぁ、ずぷずぷってお腹の中にぃ……!!」

すっかり痛みはなくなったのか、エイミーちゃんは肉棒をゆっくりと迎え入れながら、嬌声をあげた。入るときも、柔らかな膣壁が優しくまとわりついてくるのだが、決して肉棒を締め付けず、まるで歓迎するかのように俺を受け入れてくれた。

でも絡みつく粘膜の感触は極上で、ウネウネと蠢きながら肉棒を優しく刺激してくれた。

「んはぁ……。アルフさん……もっと、激しくても……いい、ですよ……?」

ゆっくりと出し入れを続けていると、エイミーちゃんがそんなことを言い出した。

こうやってゆっくりと動かれるのがもどかしいのかな、って思ったけど、彼女の表情はどこか満ち足りていたので、それはたぶん俺を気遣っての言葉だろう。

「エイミーちゃん、気持ちいい?」

そう尋ねると、彼女は少し恥ずかしそうに顔をそらした。ちょうど腰を引ききったところだったので、俺は彼女の返事を待たずに、ずぷずぷと肉棒を押し入れていく。

「んはあぁぁぁ……すごく……気持ちいいですぅ……」

エイミーちゃんが身体をのけぞらせ、半分喘ぎながら答えてくれた。彼女が気持ちいいのなら、俺のほうも問題はない。

「エイミーちゃんのココはさ、優しく包み込んでくれてるって感じで、挿れてるだけですごく幸せになってくるんだ。ずっと挿れたままでいたいっていうかさ、そんな感じ」

「んぅ……わたしも、ずっと……アルフさんと、つながっていたい……んうううぅぅ……!!」

もちろん、激しくズチュズチュと突きまくるのは気持ちいいんだけど、エイミーちゃんとはこうやってゆっくりとつながっていたいんだよな。

肉襞の一枚一枚を感じるように、ゆっくりと、いつまでも出し入れしていたい。

そうやって、結局一時間以上一度も射精せずにゆっくりと動き続けた。

同じペースでゆっくり動いていると、この時間が永遠に続くんじゃないかと思えた。

この幸せな時間は、永遠に続いてほしいと思った。

でも、少しずつ。ほんの少しずつだけど、俺とエイミーちゃんの中にはなにかが積み上がっていった。それがやがて臨界点を迎えそうになる。

「あぁ……アルフさん……なにか……なにかキます……」

「ああ、俺もだ、エイミーちゃん」

なんと言えばいいのだろう。身体の奥底から、なにかゾワゾワーっとうねりのようなものが押し寄せてきた。長い時間かけて積み上がっていったそれが、恐ろしいほどの快感となって二人に襲いかかる。

「うあああっ!!」

「あはあああああぁぁぁぁぁっ!!」

びゅるるるるるるるるるるるるーっ!!!!

エイミーちゃんがこれまでにない大きな喘ぎを上げたのとほぼ同時に、俺はいままで経験したことのない快感に全身を貫かれ、エイミーちゃんの膣内に射精した。

「あぅっ……あっ……あっ……」

俺のモノがエイミーちゃんの膣内でゆっくりと、しかし強く脈打つ。

びゅるるっ！　びゅくんっ！　びゅっびゅるー!!

その度に大量の精液が勢いよく射出され、それは容赦なくエイミーちゃんの子宮口を襲った。

「あっ……そんなっ……まだっ……ドクドク…いって……ああっ……あふれちゃうぅっ……」

肉棒がドクンと脈打ち、びゅるるっと精液が飛ぶのに合わせ、エイミーちゃんの身体がビクンビクンと跳ねた。

延々と射精が続く中、やがて接合部からコポコポと精液が溢れ出す。

それがいつまでたっても終わらず、ゆっくりと執拗に襲い来る快感の波に耐えきれなくなった俺とエイミーちゃんは、そのまま気を失った。


目が覚めると、まだ外は暗く、時計を見ると三時過ぎだった。

昨日、意識を失ったのが○時ぐらいだと思うので三時間は寝てたことになるのか。

目が覚めて最初に思ったのは、精液やら愛液やらが混じった何とも言えない匂いが充満してエラいことになってんなー、ってこと。普段は終わった後きっちり『聖浄』をかけるので目覚めは爽快なんだが、昨日は射精しながら意識失ったからなぁ。

何十発やってもスタミナ切れを起こさない聖騎士が一発KOされるとは……。スローセックスがやばいのか、あるいはエイミーちゃんが凄いのか。

薄明い室内灯がエイミーちゃんを照らしている。当たり前だが寝てる内にモノは抜けたみたいで、溢れ出した大量の精液がベッドのあちこちに広がっていた。

うつ伏せの状態で寝てるエイミーちゃんのお尻や太腿は溢れた精液でベットベトになっており、さすがにかわいそうだと思った俺は『聖浄』をかけてキレイにしてあげた。

全裸のままうつ伏せの状態で穏やかな寝息を立ててるエイミーちゃんは、とても扇情的だった。

昨日はセックスに集中しすぎてあまり見ていなかったが、白くてすべすべの肌や、程よく肉付きのいい腰回りと、形の良いムッチリとしたお尻、そこからスラリと伸びる脚など、彼女の魅力はもしかすると下半身の方にあるのかもしれない。

「お……？」

そのエロい姿にイチモツが反応する。ふと思い出してみるに、アルマさん、カリーナと続けて〝二度目〟が無かったので、ちょっと感動してしまった。

スゥスゥと可愛い寝息を立てるエイミーちゃんの尻に手を伸ばす。

軽く揉んでやると、ぷにぷにと適度な弾力が返ってくる。

「ん……すぅ……」

少し強めに揉んでみたが、エイミーちゃんが起きる様子はない。さて、どうしたものか。俺のイチモツはもう爆発寸前だ。しかし、気持ちよさそうに眠っているエイミーちゃんを起こすのはなんだか申し訳ないし、といって眠ったままってのは……。

「んぁ……んふぅ……すぅ……すぅ」

いかん。尻を摑み直したとき、親指が割れ目に触れてしまった。これで起きたらちゃんとお願いしてさせてもらおうと思ったのだが、エイミーちゃんはまだ起きる気配がないようだ。

触れた直後は乾いていた割れ目から、じわりと愛液が流れ出てくるのが感じられた。温かい粘液が指にまとわりついてくる。

「んっ……んっ……」

ゆっくりと、愛液をなじませるように親指で割れ目をなぞっていると、愛液をたっぷりとたたえた割れ目の内側に、触れていた親指がクプリと沈み込んだ。

「んふぅ……んん……」

短く喘ぐエイミーちゃんは、しかしまだ目覚める気配はない。

でも、これだけ濡れてるってことは、嫌じゃないってことでいいかな？

「失礼しまーす」

少なくとも彼女が嫌がってはいないと解釈した俺は、小さい声で囁き、エイミーちゃんをまたぐ。そして、尻と太腿のわずかな隙間からモノを射し込み、割れ目に亀頭をあてがった。

「ん……んん……」

じっとりと濡れ、わずかに開いていた割れ目に、亀頭がパクリと挟まれ、内側の粘膜がにゅぷにゅぷと絡みついてくる。入り口をなぞるように肉棒を動かし、亀頭に愛液をなじませていく。

「んん……んぅぅ……」

亀頭が割れ目をなぞる度にかすかな反応を示すエイミーちゃんだが、起きるには至らないようだ。亀頭全体がしっかり愛液にまみれたところで、ゆっくりと腰を沈めていく。

「おじゃましまーす」

あまりエイミーちゃんに体重がかからないよう、慎重に、ゆっくりと……。

「んぅ……んん……んぁ……はぁ……はぁ……」

俺のモノが肉襞をかき分け奥へ進んでいくと、エイミーちゃんの息遣いが少し荒くなった。

しかし、まだ起きるにはいたらない。

まったく起きる気配のないエイミーちゃんだが、膣内はしっかり俺を迎える準備ができているようで、愛液が満たされた柔らかな膣内を、肉棒がゆっくりと沈んでいき、俺の股間がエイミーちゃんの柔らかい尻に当たって進行がとまった。根本までしっかりと膣内に入るわけじゃないけど、この寝バックってのは独特な気持ちよさがあるな。

「んふぅ……はぁ……んん……」

エイミーちゃんが眉をしかめ、艶めかしい声を上げたが、まだ目覚めには達しないようだ。

そのまま俺はゆっくりと腰を引いた。

「んぁ……んぅ……」

再びゆっくりと腰を沈める。そうやってうつ伏せに寝たままのエイミーちゃんの後ろからスローテンポでモノを出し挿れするうち、十分ほどたってようやく彼女が目を覚ました。

「んぁ……はぁ……あ……アルフ……さん……？」

「や、エイミーちゃんおはよう」

そう言いながらも俺は腰を動かすのをやめない。

「おはよう……ございます……？　んうぅ……!?」

ようやく目覚めたエイミーちゃんだが、まだいまいち状況が飲み込めてないらしい。

「んぁ……あれ……？　んふぅ……なん……で……あうぅ……」

うつ伏せにねそべったまま、首だけ動かし、ようやく事態を理解したらしい。

「あああぁ……そんなぁ……アルフさん……のが……入って……やだぁ……わたし……寝てたのに……」

〝やだぁ〟と言われてしまったので、俺はエイミーちゃんからモノを完全に引き抜いた。

「んぅっ……え……？　あ……うぅ……」

モノを抜かれたあと、エイミーちゃんがお尻をもじもじし始める。

「あの……アルフさん……？」

「ん？」

「なんで……抜いたの……？」

「だって、嫌なんでしょ？」

「うぅ……アルフさんのいじわるぅ……」

「いや、でもさっき、嫌って」

「あうぅ……それは……その……ホントに……いやじゃなくて……」

「ふーん」

「あの……続きを……お願い……します……」

「続き？」

「うぅ……さっきの……さっきの続きを……」

「俺もまだ寝ぼけてるのかな？　具体的にどうしてほしいのか言ってくれないとわかんないや」

「ひぃん……アルフさんの、いじわるぅ……」

「あー、まだ暗いし、もうひと眠りすっかなー」

「うぅ……やだぁ……挿ぃれてぇ……」

「ん？　どこに？　なにを？」

「わたしの……わたしのおま×こにぃ……アルフさんの、おち×ちん……挿れて……ひぃうっ!!」

エイミーちゃんが言い終わる前に、再び後ろからズブズブと挿れる。

相変わらずエイミーちゃんのココは、抵抗なく俺を受け入れてくれた。

「よくできました」

「あはぁ……アルフ、さんのがぁ……入ってるのぉ……」

今回は少し早めに動いた。たぶん痛みのほうはもう大丈夫だろう。

スローセックスもいいけど、毎回あれじゃあ疲れるからね。愛液で満たされたエイミーちゃんの膣から、ジュポジュポとエロい音が響いてきた。

「エイミーちゃん、痛くない？」

「だいじょうぶ……きもち、いいですぅ」

「後ろからだけど、平気？」

「んっ！　んぅっ!!　お腹がぁっ……ベッドと…おち×ちんに、挟まれて……気持ちいい……」

そういうもんなのか？　じゃあもう少し角度をつけて、下に掘り下げるように突っ込んでいくと……？

「んんあああぁぁぁ……!!　だめ……これ、だめぇ……。お腹が…擦れて……んうぅぅっ!!」

どうやら正解だったみたいだな。

さらに俺はエイミーちゃんに覆いかぶさり、ベッドと身体の隙間から手を入れ、胸を触る。

「ひぃううぅっ!!　いやぁ……胸は…胸はダメなのぉ……」

少し強めに胸を揉み、コリコリと指先で乳首を刺激すると、彼女の身体が小刻みに震えた。

「んあぁっ!!　ダメェ！　イクイク、イッちゃううぅっ……!!」

どうやらエイミーちゃんは胸が弱いらしく、触り始めて三分と経たずにイッてしまった。

「はぁ……はぁ……んぁ……」

エイミーちゃんは軽く痙攣（けいれん）しながらも身体をよじり、俺の方に顔を向け、ヨダレを垂らしながら舌を出してきた。俺はそのまま顔を近づけ、舌を絡め取る。

「んぁ……レロレロォ……んちゅ……あはぁ……」

ちょっと無理な体勢なので長時間キスを続けるのは難しく、すぐに離れてしまった。

「アルフ……さん……気持ち、いい……？」

「ああ、すごく気持ちいいよ」

「んぅ、じゃあ……膣内に……わたしのおま×こに……アルフさんのせーえき、たくさんちょぉだいぃっ……!!」

腰の動きを速め、勢いをつけてエイミーちゃんの下腹の内側をえぐるように突きまくった。

「あああぁっ!!　らめぇ……お腹、グリグリされて……おかひくなっちゃうぅぅっ!!」

「エイミーちゃん、出すよっ!!」

「あぁっ!!　きてぇ……！　わたしも、イッちゃううぅぅ……!!」

最後はエイミーちゃんの腰を軽く引き上げ、根本までぶち込んで射精した。

「うあっ……!!」

びゅるるっ！　びゅるっ!!　びゅくんっ!!

「んんっ……出てるぅっ……アルフさんの、あついのが、お腹のなかにぃ……!!」

さっきみたいなスローセックスじゃなかったけど、一回脈打つ度に放出される精液の量はいつもより多いような気がする。

エイミーちゃんは尻を突き出した状態で、身を縮めるような形で体をこわばらせていた。シーツをギュッと握りながら、ときおり腰のあたりがビクビクッビクビクッと震える。

そうやってエイミーちゃんが震えるたびに、まるで搾り取られるように精液が放出された。

昨日のスローセックスもすごかったけど、今日の快感も半端なく気持ちいい。

やっぱりエイミーちゃんがすごいんだってことがわかった。

「あぁ……また溢れちゃうぅ……」

中に昨日の分も残っていたんだろう。射精した瞬間から、接合部は溢れ出した精液まみれになっており、ゆっくりとモノを引き抜くと、開いたままの膣口からドボドボと精液が流れ出る。

「んぅ……しあわせ……」

程なく、エイミーちゃんは眠りについた。肉棒はまだ元気だけど、今はこのまま眠らせてあげよう。

「おつかれさま」

とりあえず俺はエイミーちゃんの身体と寝具に『聖浄』をかけて、綺麗にしてあげると、こころなしか彼女の寝顔が穏やかになったような気がした。

「ん……んぅ……すぅ……」

「おやすみ」

一緒に布団を被り、俺も眠りについた。

3　加護の代行

翌朝九時頃に目覚めた俺たちは、一緒に朝食をとることになったんだけど……。

「あっ……!!」

「エイミーちゃん、大丈夫？」

ベッドを降りて立ち上がろうとしたエイミーちゃんががくんと膝を折ってしまい、俺は慌てて彼女を支えた。その瞬間、ふわりと甘い匂いが鼻腔をくすぐる。そして支えた時に触れた肌から、彼女の温かな体温と柔らかな肌の感触が伝わり、俺は朝からドキドキしてしまった。

昨日あれだけのことをしたのに、こんなちょっとした出来事で……。

「ご、ごめんなさい……」

そんな俺の胸の高鳴りに気づかない様子で、彼女は自身の体を支えるためしっかりと抱きついてきた。まだお互い裸のままなので、色んな部分が触れ合ってしまい、下半身がムラムラする。

「あそこが、ジンジンして……足に力が……」

申し訳なさそうにエイミーちゃんがつぶやく。彼女は昨日処女を喪失したばかりだからな。

昨夜は途中から痛がる素振りを見せなくなったエイミーちゃんだけど、もしかすると快感に上書きされていただけで、痛み自体はなくなってなかったのかも。

そして、一晩経って快感が落ち着いたら、痛みがぶり返してきたというところか。

「エイミーちゃん、無理しないで」

俺はそう声をかけながら彼女を抱え上げてベッドに座らせた。

いましがた湧き起こった下半身のムラムラは……、我慢するしかないだろう。

「朝食はテイクアウトにするよ。エイミーちゃんはゆっくり休んでて」

「あの……、ありがとうございます」

一瞬申し訳なさそうに俺を見たエイミーちゃんだったが、ここで無理をすれば逆に迷惑がかかると思ったのだろう。おとなしく引き下がってくれたよ。俺は脱ぎ散らかした、というか脱がせ散らかした彼女の服に『聖浄』をかけて渡し、自分もささっと服を着た。

「じゃ、すぐもどってくるから」

「はい。いってらっしゃい」

エイミーちゃんは、シャツに袖を通さず軽く羽織った状態で胸だけを隠し、優しくほほ笑みながら俺を送り出してくれた。その〝いってらっしゃい〟というあたりまえの言葉に少し胸を熱くしながら、俺は食堂へと向かった。

「えーっと、そうだな……、サンドイッチ二人分もらえるかな」

食堂のおばちゃんも俺の顔を覚えてくれたようで、名乗らずとも食事を提供してくれた。

「あの、部屋で食べるからあとでお皿持ってくるね」

一言ことわったあと、俺は受け取ったサンドイッチを【収納庫】に入れて部屋に戻ろうとしたところで、女主人のカリーナにばったりと会った。

「アルー、いいところで会ったニャ」

「どうした？」

「あとで豊穣神の神殿にいくニャ」

「ん、突然なにごとだ？」

「なんでも、聖騎士に依頼したいことがあるっちゅうて、伝言が来たニャ」

「へぇ。アルマさんが来たの？」

「んニャ、信者のおばちゃんニャ。アルマは妊娠しとるニャろ？　無理させたらいかんからおばちゃん連中がはりきっとるニャ」

「うへぇ、おばちゃん連中がねぇ……」

「……何を考えとるか知らんニャが、豊穣神は農業にも加護があるニャ。あと孫の安産祈願とかもあるニャから年配の信者も多いニャ」

「なるほどね」

俺は朝食を終えたら向かうことをカリーナに告げ、部屋に戻った。

「あ、おかえりなさい」

部屋に戻るとエイミーちゃんは服を着てベッドに座って待っていた。

「ただいま」

俺はサイドテーブルをベッド脇に移動させ、その上に朝食をならべて食事を始めた。

「エイミーちゃん、今日は何か予定はあるの？」

「普段なら狩りに出かけるんですけど、今日はちょっと……」

と言いながら、エイミーちゃんは股間に視線を落とす。うん。無理は良くないね。

「あの、アルフさんはなにありますか？　なければ……一緒にゆっくりしたいな、なんて……」

「あー、ごめん。実は豊穣神の神殿に呼ばれてて」

「そうなんですね……」

エイミーちゃんが少し悲しそうな表情になった。むむぅ……、俺も彼女とまったり過ごしたいけど、聖騎士として呼ばれた以上すっぽかすわけにはいかないからなぁ。

「ところでアルフさんって、神殿の関係者の方なんですか？　初めて会ったときも神殿に用があるって」

しまった！　俺、彼女には何も説明していなかったんだ……。セックスをするときは、必ず妊娠するってことを相手に納得してもらってからしようと思っていたのに、昨日はただただやりたくて、流れでしてしまった……。

「エイミーちゃん、実は――」

そして俺は、自分が豊穣と繁栄の女神ザヌエラの加護を受けた聖騎士であることや、セックスをすれば必ず俺の子を身ごもってしまうことを説明した。最初はとても驚いて目を見開いていたが、すぐに落ち着いたようで、穏やかな笑みを浮かべてお腹をさすりはじめた。

「そうですか。アルフさんの赤ちゃんを……」

「ごめん、先に言うべきだった」

「ううん。わたし、お母さんになるのが夢だったから……」

男性の数が少ないこの世界では、自分から積極的に男を捕まえないとなかなか関係を持つことができないのだが、エイミーちゃんはそういった積極性に少し欠けるところがあったらしい。

孤児院で仲良くしていた男の子も何人かいたらしいが、そもそも男子自体が貴重なので、精通する歳には跡取りのいない貴族であったり、そこそこいい家柄の商家に引き取られてしまったのだそうな。

「わたしが男の人を意識するようになったころには、同年代の子はみんなどこかへお婿さんに行ってました。年下の子が成長して、最近ちょっとかっこよくなってきたかなぁ？　なんて思い始めたら、やっぱりよその町に行っちゃったりとかで……」

近くの同年代でいい相手が見つからなければ、年上の男性にお妾さんとして嫁いだり、場合によっては子種だけをもらったりすることもあるらしい。エイミーちゃんもいずれは何らかのアクションを起こさねばと思っていたらしいが、どうしても一歩踏み出せなかったのだった。

「だから、わたしはアルフさんに出会えて、そして抱いてもらえてとても幸せなんです。そのうえ赤ちゃんまで……」

こうやって喜んでもらえるというのは、男冥利に尽きるってもんだな。

「それで、その……アルフさん……？」

「ん？」

エイミーちゃんが少し顔を赤らめながら上目遣いに俺を見てきた。すごく、可愛いです……。

「あのっ、一度すればできるということは、その……もう、アルフさんとは出来ないんでしょうか……？」

確かにアルマさんとカリーナとは一回しただけでできなくなったんだよな。たぶん妊娠が関係しているんだと思うけど……。でも、エイミーちゃんとは今朝できたんだよな。いまも上目使いの視線が俺を求めているようで、彼女が醸し出す空気に、俺のイチモツはすでに硬くなっていた。

「エイミーちゃんさえよければ、その、何度でも……」

「うれしいっ！」

俺の答えを聞いたエイミーちゃんが抱きついてきた。甘い香りがさらにイチモツを固くする。

「エイミーちゃん、そんなに、したいの……？」

「むぅ……」

ちょっとだけ不機嫌そうな声を上げたエイミーちゃんが、抱きついた腕にギュッと力を入れる。でもすぐに力が抜け、俺から少し身体を離すと、じっと俺を見つめたあと少しだけ恥じらいながら、にっこりとほほ笑んだ。

「はい……。わたし、アルフさんといっぱいエッチなことしたいです」

そう言ったあと、エイミーちゃん顔を真っ赤にし、目をうるませた。

「俺も、エイミーちゃんとたくさんエッチしたい」

そして言い終えるなり、俺は目の前にあるエイミーちゃんの唇を奪った。

「んむ……」

唇だけを重ねる浅いキスをしばらく続けたあと、俺は断腸の思いで彼女から離れた。

このあと神殿に行く用事がなければ、もう一度エイミーちゃんを押し倒したものを……!!

「じゃあ、名残惜しいけど、続きはまた今度で」

「はい」

食事を終えたあと、俺はエイミーちゃんを抱っこし、そのまま彼女の部屋まで運んだ。彼女は大丈夫だと言って恥ずかしがったけど、今日は無理してほしくないんだよな。それに、一刻も早く回復してもらって、またエイミーちゃんと……、なんてことを考えたら彼女の部屋に着いた。

「あの、玄関までで大丈夫ですから」

「いや、部屋までいくよ?」

「だめ……。散らかってるから」

「俺は別に気にしないけど」

「わたしが気にするんです!!」

そんな問答を続けた結果、俺はエイミーちゃんを部屋の前でおろした。

「アルフさん……」

「ん？」

なんだかエイミーちゃんがもじもじし始める。やっぱりまだ立つのは痛いのかな？

「夜には……、片付けておきますから」

「え？」

「いってらっしゃい！」

最後にそう言い残すと、エイミーちゃんは慌てて部屋に引っ込んでしまった。

「これは……」

もしや、お部屋へのお誘いを受けたってことか？

「いってきまーす！」

部屋の中にいるエイミーちゃんに聞こえるよう、俺は少し大きな声でそう告げるのだった。

宿屋から神殿へと向かい、そのまま礼拝堂に入ると、アルマさんが数人の男女と談笑していた。

「アルフレッドさま!!」

俺に気付いたアルマさんが声を上げると、その場にいた男女が興味深げに俺の方を見た。

「どうも。俺に何かご用があるとか」

「はい。こちらの方々へ、豊穣神の加護を授けてほしいのです」

どうやらここにいるのは妊婦さんとその旦那さんみたいだ。妊婦さんが五人、旦那さんは二人。

一夫多妻とかじゃなく、他の三人の旦那さんは仕事やら何やらで同行できなかっただけみたいだ。

「えーっと、その前に少し女神に確認したいことがあるので、お時間もらってもいいですか？」

「はい、もちろん」

（ザヌエラー!!　ちょっと聞きたいことがあるんだけど）

《ほいよー。なんだい？》

俺が気になっているのは、アルマさんやカリーナとやったあと、次の日には彼女たち相手に勃たなくなったことだ。アルマさんのときはそういう雰囲気でもなかったからなーと思ってたんだけど、カリーナのときはいくら頑張っても勃たなかったんだよな。

（もしかしてだけど、相手が妊娠したらセックスできなくなるとか？）

《はは。ご名答》

（それってもしかして、加護の影響ってこと？）

《そうだね。妊娠中のセックスについては必ずしも害があるわけじゃないけど、でも行為が始まったあとになにかをされると防ぎようがない。だから、最初から勃たないようにしてるのさ》

（そっか。じゃあ一晩で妊娠するっていうのは？）

《聖技には排卵を促し、受精を早める効果があるんだ。そして聖騎士の精子は特別だからね。数

時間で着床するんだよ……って、最初に説明したと思うんだけど》
（ごめん。一気に説明受けたから……。じゃあ着床してしまえばもうセックスはできなくなると？）
《そういうこと》
（エイミーちゃんはまだ着床してないってことかな。なんで？）
《卵子がなければ着床も何もできないから。彼女はエルフの血が流れてるから、生理周期も長いだろうしね。そして何より君はあの娘に【聖技】を使っていないんだ》
「え……？」
思わず声が漏れてしまい、アルマさんが心配そうな視線を向けてくる。
「あ、すいません。なんでもないです」
そう言ったあと、再びザヌエラとの会話に戻る。
（どういうこと？）
《どういうことなんだろうねぇ。ボクにもよくわかんないや》
（おいおい……）
《あはは、恋愛は管轄外だから。まぁひとつ言えるのは、君はエイミーちゃんを聖騎士としてではなく、アルフレッドとして抱いたってことかな》
（聖騎士としてでなく……？）

《そう。そしてエイミーちゃんも聖技とは関係なく、君を求めたみたいだしね》

俺はあの時、聖技とか使命とか、そんなことは考えもしなくて、ただエイミーちゃんに惹かれて、ただ一緒にいたいと思ったんだった。そしてそのままの流れでセックスを――、

「アルフレッドさま？」

俺の思考を遮るように、アルマさんが声をかけてきた。

「あの、なにか考え込まれているようですが……」

「あ、いえいえ、大丈夫です。えっと、加護が必要なんでしたっけ？」

「はい。ご気分がすぐれないのでしたら、また後日でも……」

「いえ、大丈夫です！」

うん、いまは目の前の使命に集中しよう。

（ザヌエラ、『加護の代行』だっけ、あれってどうやんの？）

《お、聖騎士らしいことするねー》

（いや聖騎士らしいっつーか正真正銘の聖騎士だから）

《あははーそうだったねー。じゃあ妊婦さんのお腹に手を当てて『元気な子が生まれますように』とか『すくすく育ちますように』とかそんな感じで念じてくれたらいいよー》

（おっけー）

というわけで、さっそく『加護の代行』を行う。臨月が近い人からまったくお腹が膨らんでな

い人まで様々だったが、全員が妊婦なのは確かなようだ。

俺は奥さんがたのお腹に手を当て、ザヌエラに言われたとおり、赤ん坊が健やかに育つように
と思いを込めた。すると、女神の力が俺の身体を通じて妊婦さんに流れ込んでいくのがわかる。

「あ……、なんだかポカポカしてきました」

どうやら妊婦さんのほうでもなんとなく感じ取れたようだ。そして俺は、加護の代行が上手く
いったことを確信した。続けて、同じように女神の祝福を与えていく。

「あ、私もお腹が温かくなってきたー!!」

「あの、私、気分が悪かったのが嘘みたいに楽になりました」

「あーそういえばあたしも、ちょっと吐き気があったのに治まったわ」

「へえ、ちょっとしたおまじないみたいなものだと思ってたけど、あなたすごいわねー」

と、お褒めの言葉をいただく。

「あ、そうだ、旦那さん方。この先〝奥さんに負担のかかること〟は出来なくなりますからね？」

「うぇ⁉ あ、はい……」

「はっはっ。聖騎士さんよぉ、そんなもんこれまでもしてこなかったし、これからもやんねぇよぉ」

おっと、どうやら一人は心あたりがあるようだな。

「まぁどうしても我慢できなくなった場合は一人でどうぞ。あ、豊穣神の使徒としてはどんどん
子供を増やしてもらいたいんで、他の人に手を出すとかでもオッケーですけどね」

「いや……そんな、僕は……」

「おいおいおい、そういうことかよ!!　俺ぁカカァ一筋だからよ。それにもう年だし、戦争のせいで身体にガタも来てるしな」

「ちょっと、アンタ……」

「ま、その辺はご夫婦で相談なさってください」

ちなみに、オタオタしてる感じの人の奥さんは終始ジト目で旦那さんを見てる。

「別に、他の女に手を出してもいいわよ」

「え？　ああ、いや、僕は別に」

「そのかわり、私も二人目は聖騎士さんに仕込んでもらおうかしら？」

「あらぁ、それはいいわねぇ」

「アルマちゃんも、すっかり女っぷりがあがったもんね」

「そうそう!!」

「あの、そんな、わたくしは……その、神官として、ですね……」

おいおい、なんか話の流れが変だぞ。

「はっはっは。俺はもう年だがお前はまだ若いからなぁ。聖騎士さんに頼むってのもありかなぁ」

「ちょっとぉ……。あたしはアンタがいいんだよぅ」

「お、おう……そうか？　じゃあ次も頑張んねぇとなぁ」

おやおやお熱いこって。

とまあこんな感じで『加護の代行』は無事に終了した。

初めてだったけど、こうやって人の役に立てるっていうのは、嬉しいことだ。

そんな中、開け放たれた礼拝堂の扉の影で、羨ましそうに、あるいは恨めしそうに俺たちの様子を見る男の姿に、俺は気付いていなかった。

4　聖騎士の責務

セックスは何発やっても全然疲れないけど、『加護の代行』はかなり疲れたので、神殿ですこし談笑したあと、宿に戻って休むことにした。こっちきてセックス三昧（ざんまい）だったし、誘ってはくれたもののエイミーちゃんもまだ本調子じゃないだろうから、今日一日ぐらいは休むべきだろう。

『猫の額』に着くと、受付でカリーナが優雅にお茶を飲んでいた。なんやかんやいっても彼女は美人だから、絵になるなぁ。しかし、妊娠中にカフェインはよくなかったはずだが……。

「ただいま。何飲んでんの？」

「白湯（さゆ）ニャ」

ならば良し。

「それより、アルーに客人ニャ」

そう言ってカリーナが視線を移した先には一人の男がいた。

見たところ年齢は四十前後、あまり人相の良くない男だ。いや、顔の作りは決して悪くないいんだが、頰に目立つ傷があるのと、なんだか表情が暗いので人相が悪く見えてるんだな。

服装なんかはちゃんとしているのに、姿勢が悪いせいで貧相に見えるし、いろいろ損してるな。

「あの、俺に何か用ですか？」

男はのそりと立ち上がり俺に近づいてきた。

「聖騎士さんだね？」

「ああ、はい」

「アンタを男と見込んで頼みがある」

「はぁ」

「頼む！　オレの嫁と一発やってくれ!!」

「ブー!!」

男がそう言って頭を下げると、カリーナが勢い良く白湯を吹き出した。俺はと言うと、「こっちにも頭を下げるって文化があるんだなぁ」なんて事を考えながら、現実逃避していた。

「そ、そういう話は他所でやるニャ!!」

男と二人で固まっているとカリーナにどやされたので、ひとまず俺の部屋に来てもらうことにした。ちょっと危ない感じはしたけど、たぶん悪い人じゃなさそうだし、仮に何かされても撃退はできるだろう。

失礼だけど【鑑定】でこっそりステータスを確認させてもらっている。

名前はジョーイさんで、年齢二十九……って前世の俺より年下なのかよ。もっと上かと思ってた。

ステータスも平均並みだし、闘って遅れを取ることはないな。

部屋に落ち着いて事情を聞くと、身の上話が始まった。

ジョーイさんは十八歳の頃、同い年の幼馴染（おさななじみ）であるケイティさんと婚約したが、すぐに彼は徴兵された。この町から前線はかなり遠く、結局十年間近く帰れずじまい。休暇を使ってもなかなか往復できる距離じゃないってんで、やり取りは手紙だけだったらしい。その間、ジョーイさんから婚約解消を何度か持ちかけたが、ケイティさんは承諾してくれなかった。

「オレなんか忘れて、他の男と幸せになってくれても良かったんだけどよぉ」

兵役を終えて帰還した後、めでたく結婚。戦争も終わり、平和になったから子供作って幸せに暮らそうってことになったんだが、残念ながらまだ子宝に恵まれずにいるそうだ。

「情けねぇ話だがよぉ、勃（た）たねぇんだよ……。帰ってきたら目一杯愛してやろう、子供もたくさん作ってやろうって決めてたのによぉ……」

ジョーイさんは、口元に自嘲の笑みを浮かべていたが、目からはポロポロと涙がこぼれていた。

ＰＴＳＤってやつかな。外国映画やらネットやらでは時々目にしたことがあるわ。

「最初のうちはよぉ、いろいろ頑張ってたんだぜ？　アイツだけでも気持ちよくなってもらったり、そうしてる内にオレの方も良くなるかも知んねぇってよ。でも、結局どうにもならなくて、自分ばっか気持ちいいのは申し訳ないっつってそういうこともしなくなって……。オレぁもう長いことアイツの裸すらみてねぇんだ」

お、重い……。でも、こういう悩みを聞くのも聖騎士の務めだよな。

「オレなんかと離婚して別の男とくっつきゃいいのに、全然聞いてくれなくてよぉ。今でもオレに対して明るく接してくれて……オレぁそれが申し訳なくって、辛くてよぉ……」

なんと声をかければいいのか……。

「でよ、アンタの話を聞いたんだよ。アンタ、一発で必ず妊娠させられるんだよな？」

「ええ、まぁ」

「あと、しばらくしたらこの町を出ていくんだよな？」

「そうですねぇ」

「だったら、頼むからオレの嫁を抱いてやってくれ!!」

「いや、でも……」

「頼む、この通りだ!!」

と、ジョーイさんは床に膝をつき、頭を下げた。

「オレぁ、アイツに子供産ませてやりてぇんだよぉ!!　な？　頼むよぉ!!」

うーむ、これはどうすればいいんだろう？　断れば奥さんには子供を諦めろってことになるし、受ければ寝取りになるんだよなぁ？　いくら旦那さん公認とは言え、俺ってネトリネトラレはあんま好きじゃないんだよねぇ。でも聖騎士の使命としてはやっぱ子供作ったほうがいい？

うーん、わからん。わからんが、ひとつ大事なことがある。

「奥さんは承知されてるので？」

「大丈夫だ!!　もしアンタが引き受けてくれるってんなら、絶対オレが説得してみせる!!」

聞けばジョーイさん、今日俺が『加護の代行』やってるときに外から見ていて、羨ましいやら恨めしいやらで居ても立ってもいられなくなり、どうせ他所から来たんなら宿屋だろうと当たりをつけて、『猫の額』で待ち伏せしていたのだとか。なので、奥さんにはまだ何も話してない。

「しかし、よく聖騎士のことをご存知で」

いや、これがちょっと疑問なんだよね。別に喧伝(けんでん)してるわけでもないのに、依頼も来たし。

「そりゃアンタ、あのアルマさんが妊娠したってぇんだから、町中大騒ぎよ!!　まぁ主におばちゃん連中が騒いでんだけどな？　それ伝説の聖騎士じゃねーかって話になって、あとはまぁせまい町だからよぉ」

おう、田舎のネットワーク恐るべしだな。あと、聖騎士の伝説みたいなのがあるんだなぁ。

「とにかく、奥さんの気持ちが第一ですからね？　奥さんが嫌ならこの話はナシです」

「わかった!!　じゃあ夜に豊穣神の神殿で会いましょうや。二十時ぐらいでいいかい？」

「俺の方は問題ないですよ」

「よっしゃ!! じゃあまた後でな、聖騎士さん」

そう言い残して、ジョーイさんは俺の部屋から出ていった。子供作るって、単純じゃないんだなぁ……。

しかし、とんでもない話に巻き込まれてしまった。


約束の時間にジョーイさんと合流した俺は、彼の案内で庭付き一戸建てのお家に到着した。

軍人時代に貯めたお金と、退役軍人に対する年金でそこそこ余裕のある暮らしは出来るらしいのだが……、確かに広めな家だし、夫婦二人だけじゃあ持て余しそうだ。

「で、ジョーイさん。奥さんの説得は？」

「ん？ ああ、まあなんとか……な。ただ、最後のひと押しは、その、頼むわ」

「はぁ」

なんとも歯切れの悪い返答だが、ここに至るまでに準備は整えたし、腹も括った。

やるべきことは決まったので、後はやるだけだ。

「アンタが聖騎士さんかい？」

寝室では下着姿で奥さんのケイティさんが待っていた。ジョーイさんの様子から、てっきりケイティさんはその気が無いのかと思ったけど、格好を見る限りやる気満々なのだろうか……？

ケイティさんはキャミソールにショーツという姿だった。キャミソールの下にブラジャーはつけておらず、張りのある胸やその下の乳首が薄っすらと透けて見えた。

　身長は一七〇センチぐらいで、張りのあるプリンとした胸や、きゅっとくびれた腰、大きな尻とムッチムチの脚というスタイル、そして健康的な褐色の肌から、ヒスパニック系のモデルさんのような印象を受けた。少し癖のある黒髪に青い目、ホリが深くて唇が厚く、情熱的な雰囲気を持った美人さんだ。表情と姿勢さえちゃんとすればジョーイさんもラテン系のイケメンだし、彼さえ元気ならお似合いの夫婦に思えた。

「聖騎士さん、コイツが妻のケイティだ。ケイティ、聖騎士アルフレッドさんだ」

「アルフレッドです。よろしくお願いします」

「……あぁ」

「じゃあ、後は頼むわ」

「待ちな」

　少しさみしげな表情で部屋を出ようとしたジョーイさんを、ケイティさんが呼び止める。

「おい、今さら反故にするってんじゃあ……」

「そんなことはしないよ。ただはっきり言っておきたいことがあるんだ」

　ケイティさんが俺をキッと睨む。

「アタシはジョーイ以外に抱かれるつもりはない」

「お、おい……」

「でも、他ならぬジョーイの頼みだ。アンタが本当に聖騎士だっていうんなら証明してみせな。そうしたら、一回だけ抱かれてやってもいい」

「おい、失礼だぞ!!」

「ああ、いいですよ。で、どうやって証明しましょう?」

「アンタが伝説の聖騎士なら、今すぐここでアタシをその気にさせるなんてワケないだろ?」

……どんな伝説があるんだ?　聖騎士ってのはとんだスケコマシ野郎ってかい?

ま、聖技の効果を考えれば事実ではあるんだけど。

「アタシがその気になったんならアタシの負けだよ。ジョーイは部屋から出ていっていいし、アンタは好きにしてくれていい」

「その気にならなかったら?」

「尻尾巻いて帰りな」

「お前……!!」

「どうしてもってんならジョーイの目の前で無理やり犯して欲しい」

「な!!　お前何言ってんだ!!」

「ジョーイ。アンタが言ってんのはそれぐらいヒドいことなんだよ。アタシはアンタ以外に抱かれるなんてまっぴらゴメンなんだ。それでもコイツが聖騎士サマでアタシがその気になるんなら折れてやってもいいさ。でもただのペテン師ならアタシはヤラれ損じゃないか。だったらアンタにもそれなりに苦しんでもらわないとねぇ」

「ぐ……」

とんでもないことになってきたが、これも使命だと思って頑張るしかないだろう。

彼女をその気にさせるなんてのは条件として甘すぎるしな。だって、俺は本物の聖騎士だから。

「ああ、それから、胸や股を触るのはナシだ。キスもしない。そういうのはその気がなくても身体が勝手に反応することがあるからねぇ」

「ええ、いいですよ。じゃあ手を」

そう言って俺はケイティさんの手を取った。

「ふん……こんなもんで……」

ケイティさんの手を軽く握り、聖技の効果のひとつ、『魅了』を発動させる。

『粘膜接触』でしか発動しなかった『魅了』だが、カリーナを抱いた時点で【聖技】のレベルがひとつ上がっており、その時に新たな能力を得ていた。そのひとつが、『皮膚接触』による『魅了』の発動。つまり、俺は直接肌にさえ触れていれば相手をその気にさせることが出来るのだ。

最初はバカにしたような笑みを俺に向けていたケイティさんだったが、少しずつ表情に余裕がなくなってきた。息が荒くなり、肌にじんわりと汗が滲(にじ)んでくる。

「う……く……んぅ……」

容赦なく『魅了』を発動し続ける。女神の力が俺の身体を通じてケイティさんの身体に流れ込んでいき、ケイティさんの目が潤み、表情が緩んでくる。

時折頭を振って気をしっかり持とうとするが、すぐに目がトロンとなる。

「ん……なんで……アンタ……ホントに……」

にじみ出た汗を吸ったキャミソールが肌にくっつき、胸はほぼ丸見えの状態となった。触れれば弾き飛ばされそうなダイナマイトおっぱいとでも言うべきか。乳首も乳輪も大きく盛り上がっている。下の方も既にぐしょぐしょで、割れ目や濃い毛が透けて見えはじめている。

やがてショーツに吸収しきれなくなった愛液が、内ももを伝ってとろりと流れ落ちた。

「お、おい、お前、もういいだろ？　なぁ、聖騎士さん、もう抱いてやってくれよ。オレぁ出ていくからよぉ」

目の前で自分の奥さんが欲情していくのを見ていられなくなったのか、ジョーイさんはすがりつくような表情で俺に訴えかけてきた。

「うぐぅ……待ってよぉ……」

潤んでいたケイティさんの目から涙がこぼれた。

さっきまでの強気な態度はすでになく、口から漏れる声も弱々しくなっていた。

「アタシ、やだよぉ……。やっぱ、アンタに抱いて欲しいんだよぉ……」

「オレだって抱けるもんなら抱きてぇよ!!　でもよぉ、お前のそんな姿見ても……ピクリとも反応しねぇんだよぉ……」

「でもぉ……んうぅ……」

「お前、もうその気になってんだろ？　お前のそんな姿、久々にみたけどよぉ、やっぱお前キレイだよ。オレなんかのためにその身体ぁ無駄にするこたねぇよ。な？　我慢せず抱いてもらいな」

「うぅ……やだぁ……行かないでよぉ……」

「一回だけだ。一回だけ、なんもかんも忘れて楽しんでくれやぁ。でよぉ、生まれてきた赤ん坊は目一杯愛してやろうぜ？　な？」

「子供なんていらないよぉ……アンタがいれば……」

「ダメだ!!　オレぁ戦争であちこちガタが来てんだ。下手すりゃ早死にするかもしれねぇ。そしたらお前、独りだぜ？」

「んぅう……大丈夫……そん時は……ん……アンタの墓守って生きてくからさぁ……」

「そんなもんオレが耐えらんねぇよ！　死んでも死にきれねぇよ!!」

「あうぅ……でもぉ……」

「くっ……聖騎士さん、コイツのこと頼んだぜ!!」

出ていこうとするジョーイさんの手首を掴む。

「な、なんだよ？」

別に何も言う必要はない。俺はそのまま、ただじっとジョーイさんの目を見た。

「……出ていくなってのか？　アンタとコイツがやってるとこ見届けろとでも？」

「あぁ……アタシの……負けでいい……。だから、この人に見られるのは勘弁してよぉ……」

「コイツもこう言ってんだ。頼む、ここからは出ていかしてくれ!!」

「……ねぇ、黙ってないでなんとか言っとくれよ……!! 他の男で……悦んでるところ、見られたくないんだよぉ……」

「オレだって……オレだってそんなん見たかねぇ!! 頼む!! この部屋から……え?」

ジョーイさんが驚きの声を上げて股間を見た。ゆっくりとだが、股間が膨らみ始めるのが見てとれる。どうやら上手くいったみたいだ。

ケイティさんも、夫が上げた驚きの声に気づき、そして彼の視線の先を目で追った。

「ア、アンタ……それ……?」

「お……おおおお!?」

ジョーイさんのモノは、ズボンの上からでも分かるぐらいパンパンにいきり立っていた。

「こ、これは……?」

「もちろん、豊穣と繁栄の女神の加護ですよ」

事前に説明しても良かったけど、まぁ自分勝手なこと言って俺とケイティさんを困らせたジョーイさんへのお仕置きってことで、ちょっとドキドキしてもらったよ。

ケイティさんには、ちょっと悪いことしたかなぁ……。

「あああっ!! アンタァッ!!」

ケイティさんが俺の手を振りほどき、ジョーイさんのズボンを下ろすと、ご立派なブツが跳ね上がるように顔を出す。ジョーイさんは露わになった自分のイチモツを、信じられないような顔で見たが、その後事態を把握したのか、俺の手を振り払ってケイティさんを抱きしめた。

そして、二人は濃厚なキスを始めた……って、いやいや、俺が部屋出るまで待ってよ。

「んむ……レロ……んはぁ……アンタぁ……」

濃厚なキスをしながらベッドに倒れ込み、お互い服を脱がせ合う二人の様子を、俺はぼーっと眺めてしまった。……いや、だから俺が出るまで待ってって!!

「ケイティ……いくぞ?」

「はあぁ……ジョーイ……来てぇ」

ジョーイさんは全裸になってたが、ケイティさんはキャミソールを脱いだだけだった。

キャミソールは汗でピッタリくっついていたから、着ててもほぼ裸みたいなもんだったけど、脱いだら脱いだでやっぱすごいな。ケイティさんの胸、バインバイン！　って感じだ。

ただ、汗で張り付いたキャミソールを脱がせるのに手間取ったためか、ジョーイさんはもどかしげにケイティさんのショーツの股の部分だけずらし、前戯も無しにモノをあてがった。

本当ならすぐにでも寝室を出たほうがいいんだろうけど、ジョーイさんとケイティさんはふたりだけの世界に入り込んでて、俺の存在なんて忘れてるみたいだし、どうせいないものとして扱われるんだったら最後に一仕事だけさせてもらうことにした。

ジョーイさんが一気に腰を進めると、太い肉棒がケイティさんの割れ目に沈んでいく。

「ひぎぃっ……!!」

ケイティさんの顔が苦痛に歪むも、ジョーイさんの勢いは止まらず、根本まで入ってしまった。

「す、すまねぇ……久しぶりだってのに……」

うん、そんなこったろうと思ったよ。アルマさんのときに俺も経験したけど、長い間セックスしていないと、いわゆるセカンドバージンていう状態になって、痛みを伴うみたいなんだ。

とにかくあの勢いなら絶対痛いと思うんだよねぇ。なので、最後のひと仕事と行きますか。

「うぐっ……ん……だい…じょうぶ……アンタの、好きに……動いて……」

「すまねぇ……お前ん膣内(なか)ぁ、気持ちよすぎて、止まんねぇよ……」

と、ジョーイさん容赦なく腰を振る。

しかし、最初は痛そうだったケイティさんも、すぐに表情が和らいできた。

「あぁ……痛……くない……？　んあぁっ!!　アンタぁ、もっとぉ……もっと激しくぅっ!!」

「おう……望むところよぉ」

というわけで、優しい聖騎士さんは痛がる奥さんに魔法をかけて痛みを取り除いてあげた。ジョーイさんが腰を振り続けるもんだから、しばらく魔法をかけ続ける必要はあったけど。

まぁついでだし、ジョーイさんにも【光魔法】で回復してもらっとこうかな。

「おおおお！　なんかみなぎってきたぞぉ!!」

「あぁんっ……だったら、もっと激しくぅ……!!」

一晩で十年分取り戻せるわけじゃないだろうけど、とにかく頑張ってね、お二人さん。

「お幸せに……」

というわけで、アルフレッドはクールに去るぜ……!!

ジョーイさんと合流する少し前のことだが、俺は先に神殿を訪れていた。礼拝堂の灯りは落とされ、アルマさんはおそらく奥で休んでいるのだろう。特に声をかける必要もないので、俺はあまり足音を立てないように通路を歩き、相変わらず見慣れない女神像の前に立つ。
（ザヌエラー、ちょっと話がある）
俺はジョーイさんに頼まれたことをザヌエラに話した。
《旦那さんがいいって言ってるんだからいいんじゃない？》
（いや、よくねぇよ!!　少なくとも善良な日本の小市民だった俺には絶対無理）
《だったら断るしかないねぇ》
（それも嫌）
《じゃあどうすんのさ？》
（ザヌエラの加護ってさ、男の人には効かないの？）
《男って……まさか、アッー！　的な？》

（んなわけねーだろっ!!　そうじゃなくて、男の人の機能を回復させる効果だよ）
女の人に関しては、不妊だろうがなんだろうが加護の力で回復させて妊娠できるようになるんだけど、男の人にはどうなんだろうか。
《うーん、考えたことないや》
（俺としては男性機能回復の効果も加護に加えて欲しいんだけど）
《それって必要かなぁ？》
（あのさー、ザヌエラ的に重要なのは、俺が色んな人とセックスを楽しむこと？　それとも子供がたくさん産まれること？）
《そりゃあもちろん子供がたくさん産まれることだよ》
（例えば、ここでジョーイさんを放ったらかしにて俺が奥さんと寝たとしよう。そしたら、もちろん子供は産まれるわけだけど、それで打ち止めだよね？　でもジョーイさんの機能を回復できれば、二人目三人目と増える可能性はあるわけだろ？）
《うーん、たしかに》
（多分だけど、ジョーイさんみたいな夫婦ってこの世界にはゴロゴロいると思うんだよ。その奥さんたちと俺がいちいちセックスするってのも効率が悪いし、各夫婦にひとりしか子供が出来ないってのもやっぱ効率悪い。なにより自分の種じゃない子を旦那さんが心から愛せるかどうかってのも難しいよね。成長した子供がどう思うかってのも考えなくちゃいけないと思う）

例えばアルマさんやカリーナ、エイミーちゃんみたいなシングルマザーってのはこの世界の状況じゃ当たり前のようにわんさかいると思う。その父親が風来坊ってのは決して健全とはいえないけど、まあ仕方がないだろう。でも夫婦揃っているにもかかわらず実の父親はどこからともなく現れた聖騎士さまなんだよーっていわれても、そうそう納得できる話じゃないと思うんだよな。だったら、旦那さんの機能を回復して、あとは夫婦に任せるほうが効率もいいし、その他諸々上手くいきそうな気がするんだわ。

《……わかった。じゃあ女神像に手を置いて》

女神像に手を置くと、なにか神聖な力が流れ込んでくるのがわかった。

《これで大丈夫かな》

（ありがとう。無理言ってごめんな）

《ううん。やっぱり君を選んで正解だったよ。これからも頑張ってね》

とまぁこんな経緯があり、俺はジョーイさん夫婦の仲を上手く取り持つことが出来たってわけ。まさかすぐに目の前でおっぱじまるとは思わなかったけどさ。

街灯の少ない、ほとんど真っ暗なうら寂しい街中を歩いて宿屋に帰ったときには、すでに二十二時を過ぎていた。宿屋の入り口は閉まっている時間だが、ドアに手をかけると生体認証ならぬステータス認証により自動で鍵が開く。薄明かりのみを灯した人気のないロビーを抜け、昴(たか)

ぶる気持ちのまま駆け出しそうになるのを抑えながら階段を上った。

というのも、【聖技】の『魅了』はお互いの気持ちを高揚させるため、ケイティさんにかけた時点で実は俺もイチモツを硬くしていたのだ。夜風に当たれば少しは落ち着くかと思ったけど、結局いまもまだ気分は昂ぶったままだった。なので俺は、自室のある五階にはいかず、三階で昇るのをやめ、誰もいない廊下を歩き、並ぶドアのひとつを選んでノックした。

「……はい」

「あの、俺だけど」

「あ、アルフさん！」

パタパタと駆け寄ってくる音が聞こえたあと、ガチャリと鍵が外され、ドアが開けられた。

開いたドアからエイミーちゃんが顔を覗かせる。

「あ……。来て、くださったんですね……」

「うん。ほんとは、その……ゆっくり休んでもらうつもりだったんだけど、我慢できなくなっちゃって……。だめ、かな？」

「いえ……約束通り来てくれて、嬉しい……です」

エイミーちゃんは俺の顔を見たあと、視線を下に動かした。

ズボンの上からでも分かるぐらいいきり立った俺のイチモツが見えたことだろう。

「あ……」

ぽーっと顔を赤らめるエイミーちゃん。

「あの、どうぞ……」

俺はエイミーちゃんに促され、彼女の部屋に入った。

5　加護を求めるものたち

部屋に入るなりエイミーちゃんが抱きついてきたので、そのまま抱き合って濃厚なキスをした。

「あむ……んむ……ちゅぷ……んむぅ……」

確かにアルマさんやカリーナとキスをした時と違って、脳に電流が走るような刺激はなかった。

ザヌエラの言うとおり、俺はエイミーちゃんを相手に【聖技】を発動していないのだろう。

エイミーちゃんとのキスは、頭がぽーっとするような甘い刺激が延々と続くようだったが、それは電撃的な快感とは違った、幸福を噛みしめることが出来るものだった。

なによりエイミーちゃんのほうから求められたことが、俺は嬉しかった。

「んはぁ……はぁ……あの、アルフさん……そこに、座って」

キスを終えたあと、俺はエイミーちゃんに促されベッドに腰掛けた。

すると、エイミーちゃんが慣れない手つきで俺のズボンを脱がしてきた。

「前回は、その、アルフさんにしてもらったから、今日は……わたしが……」

と恥ずかしそうに言ったので、おまかせすることに。

ズボンとパンツを脱ぐと、俺のイチモツがビーンと顔を出した。

「あぁ……こんなに大きいのが……昨日は……わたしの中に……」

エイミーちゃんは少しだけ怯えたような表情で肉棒を凝視していた。

「エイミーちゃん、無理しなくてもいいよ？」

「ううん。わたしが、してあげたいんです」

俺の提案に首を振ったエイミーちゃんが、おずおずと手を伸ばしてきた。

「ん……」

エイミーちゃんの柔らかい手が優しく触れ、つい声が出てしまった。

「熱くて、固い……」

エイミーちゃんは俺のモノを愛おしげに見ながら、優しく手を上下に動かし始めた。そういえばこういう手コキみたいなのは初めてだ。口内とも膣内とも違う刺激で、慣れてなさそうなその拙（つたな）い動きが逆に情欲をそそり、もどかしいんだが気持ちいいって感じだ。

「はわわ……なにか出てきた……」

先っちょから我慢汁がにじみ出てくる。

「な、舐めれば……いいんだよね……？」

しばらくそれを眺めながら、自分に言い聞かせるように呟いたエイミーちゃんが、ゆっくりと顔を近づけ、恐る恐る舌を伸ばして我慢汁がにじみ出ている先端をチロリと舐めた。

「おぅふ……」

　突然の快感にビクリと腰が引け、声が出てしまう。

「ふふ……アルフさん可愛い」

「むむ……」

　ちょっと恥ずかしかったが、ここまで少し緊張した様子だったエイミーちゃんの表情や身体から、ふっと力が抜けたようだった。エイミーちゃんは嬉しそうに俺の顔を見たあと、またモノの方に顔を近づけ、先端を中心に亀頭を舐め始めた。たどたどしく動く舌に亀頭を刺激されながら、少しずつ慣れはじめた手つきでサオをしごかれる。

　このアンバランスな刺激が、妙にむず痒くて気持ちいい。舌が裏スジから鈴口を刺激する度に、ついつい腰が引けてしまう。

「アルフさん、気持ちいい……？」

「うん、すごく……」

〝いっその事全部咥えてくれ!!〟と思わんでもないが、なんというかこの焦らされる感じを楽しむのもありかなって気分だ。

　やがてエイミーちゃんは、両手で包み込むようにサオを握り、亀頭を口で咥えこんで舌を這わせ始めた。ヤバい……そろそろ限界が来そうだ。

「んむ……いつでも……出してくださいね……？」

俺のわずかな反応から察したのか、エイミーちゃんが俺を見ながらそう言った。

股間のモノを咥えながら送られる上目遣いの表情はとても扇情的で、その視線と慣れて動きが良くなった舌と手から受ける刺激により、やがて俺は限界に達した。

「ごめん、出るっ!!」

びゅるるっ！　びゅっびゅっ……！

「あはぁ……いっぱい出てるぅ……」

射精の瞬間、エイミーちゃんの口からモノが外れ、顔に大量の精液がかかった。

「んふぅ……アルフさんの、熱ぅい……」

顔や髪を精液まみれにして恍惚としているエイミーちゃんに、思わず見とれてしまった。

「ああ、ごめん」

俺は慌てて『聖浄』をかけてキレイにしてあげた。

「あぅん……そのままでも良かったのに……」

ごめん、俺が気になるから……。

エイミーちゃんは一度立ち上がり、服のボタンに手をかけた。今彼女が着ているのは寝間着のような薄手の上下だ。上着のボタンを外し前をはだけると、その下には何も着ておらず、ほどよい大きさの胸が露わになった。

続けてズボンを下げると、股の部分がグッショリと濡れたショーツが現れた。エイミーちゃんはすぐにショーツもおろしたが、そのとき股からツーっと糸が垂れたのが妙にエロかった。

　生まれたままの姿になったエイミーちゃんは、恥ずかしげな表情を浮かべながらも、後ろ手に手を組み、その肢体を俺に見せてくれた。

「キレイだ……」

　思わず口から言葉が漏れる。改めて見ると、本当にきれいな身体だ。真っ白な肌、ちょうど手に収まる大きさのふっくらとした乳房に桜色の乳首、そしてツルツルの股間にくっきりと見える割れ目。

　胸はそれほど大きくないが、そこから腰のラインはほどよくくびれており、尻から太ももは大人の女性らしいふくよかな曲線を描いている。少女のような胸と成熟した女性を思わせる腰回りとが少しアンバランスな体型だが、それがなんとも言えずエロい。

　顔は上気し、乳首はぷっくりと膨れ、内股には膣から溢れた愛液が垂れていた。

「ふふ、ありがと」

　そう言って嬉しそうに笑うと、エイミーちゃんは俺の方に歩み寄ってきた。ズボンとパンツは既に脱がされており、エイミーちゃんは残った俺の上着のシャツに手をかけた。

　顔が近くにあったので、そのまま唇を重ねる。

「んん……あむ……ちゅ……」

　唇を重ね、舌を絡ませながらも俺のシャツに手をかけボタンを外すエイミーちゃん。

手持ち無沙汰なので胸と秘部を触る。

「んっんんっ……！　んむぅっ!!」

片方の手で乳首を触り、もう片方の手で秘部を触る。秘部からは蜜が溢れており、指は簡単に膣内へと滑り込んだ。

「んっ、んはぁ……やだぁ……だめぇ……んむっ!!」

滑り込ませた指でグチュグチュと膣内をかき回す。膣からはどんどん愛液が溢れ、内股を伝うだけでなく、ポタポタと床に落ちた。胸と膣を同時にいじられ、エイミーちゃんは身をよじって逃れようとしたが、胸を触っていた手を首に回し、再び口を塞いだ。

「んむぅっ……ちゅぷ……レロ……んはぁ……！　あぁ、やっと取れたぁ……」

俺に散々妨害されつつもシャツのボタンをすべて外したエイミーちゃんは、そのままシャツを脱がそうとする。さすがにそこは抵抗せず、身を任せ、めでたく俺も全裸になった。

全裸同士でしばらく向かい合ったあと、エイミーちゃんが座ったままの俺にまたがってくる。

俺の肩や首に手を回して体勢を整えながら、割れ目を亀頭に当ててきた。

「もう、挿れていいですか？」

「お好きにどうぞ」

今日はエイミーちゃんにリードしてもらおう。

「んはああぁぁ……」

エイミーちゃんが腰を沈める。ゆっくりと浸るようにモノが膣に飲み込まれていった。

たっぷりの蜜と柔らかい肉壁にモノが包み込まれる。

「あはぁ……アルフさんの……あったかぁい……んあああぁぁっ……!!」

根本までズッポリと入ったところで、彼女は身体を細かく痙攣(けいれん)させ、俺にしがみついてきた。

「はぁ……はぁ……挿れただけで、イッちゃったぁ……」

少し呼吸が落ち着いたところで、潤んだ目で俺を見つめてきた。

「大丈夫?」

「はい……もう、大丈夫です。じゃあ動きますね」

そういうと、エイミーちゃんは俺に抱きついたまま腰を動かした。対面座位なので、大きく動けないみたいだが、こういう短いストロークで動かれるのも悪くないな。ほぼ根本まで突っ込んだ状態で動いてると、接合部からジュプジュプといやらしい音が鳴り始める。

「あっあっ……んんっ……気持ち、いいっ……んううっ!!」

この対面座位だけど、なんというか〝いかにも愛し合ってます〟という感じがするので、童貞時代に憧れてた体位だったりする。俺は憧れの体位で大好きなエイミーちゃんを抱きしめ、彼女の柔らかさや温かさを全身に感じながら、下から突き上げるように腰を動かし始めた。

「ひうぅっ!? んあぁっ……っだめ、激しっ……んっんっんっ……」

互いに腰を動かすことで少しストロークが大きくなり、快感が増していく。

先端が膣奥を突き、その度にエイミーちゃんの短い喘ぎ声が響く。

「あっあっあっあっ!!　だめぇ……もう……」

「俺も……」

「あぁ……一緒にぃ……んうぅっ……膣内に……出してぇ……!!」

「うあぁっ……!!」

どびゅるるっ!　びゅるるっ!　びゅぐっ!!

最後に思いっきり上体を反らして腰を突き上げ、エイミーちゃんの膣内に精液を流し込んだ。

「んんっ……あはぁ……熱いのが……ビュッビューって…流れ込んで……」

モノが脈打つ度に精液が放出され、その度に快感が脳髄を貫く。

やがて溢れ出した精液が接合部から漏れ出てきた。

「はあぁぁ……」

大きく息を吐きだしたエイミーちゃんが、ぐったりと俺に体重を預けてきた。

「……大丈夫?」

「……はい。今夜はたくさんしてくださいね」

結局いつもの、朝までセックス昼まで睡眠コースとなった。

エイミーちゃんの部屋で抱き合いながら寝ていると、昼過ぎ頃にドアがノックされた。

「エイミー？　ウチニャ。アルーはいるかニャ？」

カリーナの呼ぶ声が聞こえる。エイミーちゃんは起きる気配がないし、俺に用があるみたいなんで出てみると、ニヤニヤとからかうような笑顔を浮かべたカリーナに迎えられた。

「にゅふふ、やっぱここにいたニャ」

「お、おう……」

「ゆうべはお楽しみだったかニャ？」

「いや、まぁ」

「一昨日もエイミーとお楽しみだったニャ……」

さっきまでのからかうような笑みが消え、カリーナはいじけたように口をとがらせた。

「ウチとは一晩だけだったニャ……」

「う、それは……」

少しだけ申し訳なく思いながらカリーナの方を見たが、不機嫌そうなのは口元だけで、目は相変わらずからかうような笑みのままだった。

そして俺の視線に気づいたカリーナは、いたずらがバレた子供のようにペロッと舌を出した。

「冗談ニャ」

カリーナはそう言ってくれたけど、本当に嫉妬のようなものはないんだろうか？

前日にアルマさんを抱いたその足でカリーナを抱き、その翌日にはエイミーちゃんとしたわけだし、普通に考えたら浮気どころの騒ぎじゃないんだけどな。

「なぁ、本当に平気なのか？　他の女の人と俺が関係を持つことに、不満はないのか？」

「にゅふふ……、アルーは優しいのニャ」

そう言ったカリーナの笑顔は、とても穏やかなほほ笑みに変わっていた。

「発情した猫族の性欲は半端ないニャ。それに独占欲も強くて嫉妬深い種族ニャ」

「だったら……」

「でも、不思議と不満も嫉妬もないニャ。いまはとても満ち足りてて、アルマさんやエイミーに対しても親愛の情みたいなものしか感じないニャ」

「無理は、してないんだな？」

「当たり前ニャ。ウチはいま、本当に幸せニャ」

そう言って浮かべたカリーナの明るい笑顔に、俺の胸はドキリと高鳴るのだった。

「そんなことよりアルーに用事があるニャ」

ふと真顔になったカリーナからそう告げられる。

「神殿に行くニャ」

「神殿に？　また？」

「エラいことになっとるニャ。急いだほうがいいと思うニャ」

「エラいことって？」

「行けば分かるニャ」

しかしそこで腹の虫がグゥと鳴る。

「あー、ご飯ぐらいは食べる時間あると思うニャ」


一旦部屋に戻って着替えた後、食堂へ行くと、サンドイッチが用意されていた。

カリーナが手配しておいてくれたらしい。一応エイミーちゃんにも声をかけたんだが、眠そうだったので「神殿へ行く」とだけ伝えておいた。たぶん覚えてないだろうけど。

サンドイッチをペロッと平らげ、食後のコーヒーを飲んでいると、カリーナが食堂に顔を出す。

「なにしとるニャ？　優雅にお茶なんぞ飲んどる暇はないニャ」

「お茶じゃなくてコーヒー」

俺がドヤ顔でカップを掲げると、カリーナは呆（あき）れたような表情を浮かべた。

「なんでもいいから、メシ食ったんならさっさと神殿に行くニャ」

「へーい」

残ったコーヒーを一気に飲み干し、ちょっと小走りに神殿へ向かった。


神殿に入ると、礼拝堂は人でいっぱいだった。よくよく数えると五十人ぐらいだから、いっぱいってほどじゃないけど、特に整列してるわけでもないので、たくさんいるように見える。

「ああ、アルフレッドさま！　ご足労かけて申し訳ありません」

アルマさんが小走りに近づいてきた。

「あのー、この人達は？」

「えーっと、ですね……どなたも、その……加護を……」

「加護？　まさか全員妊婦さんってわけじゃ……」

「あの、そうではなく、みなさまは、その……ジョーイさんの事を聞かれて……」

なるほど……、つまり、みんな不妊のお悩みを抱えてるわけだ。だったらどーんと来いだ。

「アルフレッドさま……よろしいんでしょうか？」

「ええ、問題ありませんよ」

「ありがとうございます!!　ではまず夫婦の方々から」

というわけで、アルマさんとおばちゃん連中が集まった人たちを誘導し始めた。

内訳は男性八人、女性四十五人と男女比が少しおかしなことになっているけど、こんな時代だし一夫多妻制でもおかしくないのかな。

いろんな原因で子供が出来ないってことは考えられるんだけど、加護は医療行為じゃないから、原因を追及する必要はない。みんながいるところで夫婦のプライベートな話をしたくないだろうと思ったので、俺はあまり詳しいことは聞かず、ひと組ずつ夫婦に加護を与えていった。

ただ漠然と〝良くなれー〟っと願いながら、ザヌエラから流れ込んでくる力を相手に流し込むだけで悪い部分が全部なくなるんだから、これはもう奇跡と言っていいだろう。

そんな奇跡の御業で、夫婦のみなさまに加護を与え終えたあと、残った女性が三十四人。

興味津々という感じで俺を見たり、目が合えば恥ずかしそうにそらす人もいたり、ずっとうつむいている人もいたりしてるんだけど……。

「アルマさん、残りの方々は……？」

「その……この町には男性が少ないので……子供が欲しくても……」

不思議に思ってアルマさんに訊ねても、彼女はモジモジするばかりで、返事も要領を得ない。

「あー、まどろっこしいねぇ。ようはアンタに一発子種をもらいたいってこったよ!!」

と、スッタフのおばちゃんの一人が俺とアルマさんの間に割り込んできた。

マジかよ！　こんなに!?

「よかったらにアタイらも頼むよ」

「マジっすか!?」

「枯れる寸前だけどねぇ。あっはっはっは!!」

俺の母親より年上と思われる人を含むおばちゃんたちまで、なんだかやる気満々みたいだけど、
これも聖騎士の務めかな……。

《やっほー、アルフー》

（ん？　ザヌエラ？　どしたの？）

《えーっとね、旅立つ前にボクが言ってたこと覚えてる？》
（いろいろ言われたけど、どれのことだろう？）
《君は自分が楽しむことだけ考えればいい、ってやつ》
（あー、うん）
《嫌なら無理しなくていいからね？　出来る範囲でいいから》
（……じゃあ俺がここで断ったらこの人たちは？）
《まー加護を与えて妊娠しやすく、ぐらいは出来るだろうけど、実際は諦めてもらうしかないね。そもそも君一人で世界中の女性の相手が出来るわけじゃないし、ある程度の線引は仕方ないよ》
（うーん。すべての女性の相手が出来ないからこそ、手の届く範囲の女性にはもれなく幸せになって欲しい、ってのは傲慢（ごうまん）かな？）
《どうだろうね。少なくとも君にその能力はある。でも能力があるからやらなくちゃいけないってことはないんだよ？》
（まぁせっかく身に余る能力をもらったわけだし、やれるところまでやってみるよ）
《そっか、無理しないでね》
（おう。それよりザヌエラの方は大丈夫？　俺が力を使いすぎたら……）
《ああ、それは心配しなくていいよ。無限だと思ってくれて問題ない》
（無限？　ほんとに？）

《まあ実際に無限ってことはないけど、そうだねぇ、君たち人間が一〇〇年で必要なエネルギーが、ボクら神々の一呼吸で消費されるエネルギーにも満たない、といえば安心かな？》

（あー、はい。人の身の矮小さを思い知りました）

《ま、いくら力があっても直接介入が出来るわけじゃなし。だったら君にじゃんじゃん使ってもらった方がいいんだよ。ただ、何回も言うようだけど、無理はしないでね》

「ちょっと、聖騎士さん、大丈夫かい？」

ザヌエラと会話中の俺は無言で考え事をしているように見えるらしく、その様子を心配したおばちゃんの一人が声をかけてきた。

「ん？　ああ、失礼」

そのおばちゃんはなんだか申し訳なさそうな表情で、そのうしろに控えていた他のおばちゃんたちもどこか不安げだった。

「別に、無理なら全員じゃなくていいからね？　好みの子だけでもいいからさ、頼むよ？」

どうやら俺が無言で難しい表情をしていたもんだから、どうやって断ろうか考えている、とでも思われたのかもしれないな。

俺はおばちゃんたちを含め、この場にいる全員を安心させるように、胸を張って笑顔で告げた。

「ご安心ください。豊穣と繁栄の女神ザヌエラの使徒、聖騎士アルフレッドの名にかけて、ここにいるみなさまのお相手をさせていただきます」

「そ、そうかい、あんがとね。まぁウチらは半分冗談みたいなもんだから、別に……」

「ということは、半分本気なんですね？」

「いや、その……」

「なら、どんと来ーい！　ですよ」

おばちゃんたちがぽーっと顔を赤らめる姿は、普段ならなんとも思わなかったのかもしれないけど、聖騎士としてお相手をすると決めたおかげか、ちょっとだけ可愛く見えた。残った三十四人とスタッフのおばちゃん十人の合わせて四十四人。もれなくお相手させていただきます。

問題はこれだけの人数をどうやって相手にするかってことだけど、できればひとりひとりちゃんと向き合って、少なくとも俺と交わっている間は幸せであって欲しいよな。

とりあえず場所に関しては、ここから宿屋などの別の場所に移動するとなると変に晒し者っぽくなりそうだから、アルマさんと相談して神殿のゲスト用宿泊室を使わせてもらうことになった。

本当ならひとりひとり心ゆくまでお相手してあげたいが、さすがにそれは時間がかかりすぎるので難しい。なので、一人一時間で交代してもらうことにした。中にはひとりで俺と向き合うのが不安な人もいるだろうからグループもオーケーだが、その場合も一時間という時間制限はそのままにしてもらった。

「すいません。本当はもっと長い時間お相手できればよかったんですけど」

と、時間制限付きでの交代制になったことを謝罪したら、ここに残ってる人たちは、最悪この礼拝堂で性器だけ出して種付け、みたいなのを想像してたらしく、一時間でもちゃんと相手してもらえるってことを逆に感謝されたよ。

神聖な礼拝堂で下をモロ出しで、「自分でちゃんと濡らしておいてくださいねー。順番に行きますよー」ってな感じで並ぶ女性器へ順々にズッポシ挿れてドピュ！　ってのはシチュエーションとしては中々興味深いけどね。俺には出来ないや。

それから十日間はとにかくセックス三昧だった。

一人一時間なら丸二日で終わる計算だけど、さすがに二十四時間ぶっ通しというわけにはいかないので、一日あたりおおよそ十〜十二時間ぐらいにさせてもらった。それでも計算が合わないのは、終わった人たちの話を聞くなどして、追加の希望者が来たからだ。

最初は恥ずかしくて来れなかったけど、みんなやってるなら自分も、と言う人や、もう子供はいるけどもう一人欲しい未亡人、単純にセックスがしたいけどついでに子供も授かっちゃおう、なんて人もいて、最終的には一〇〇人近くお相手させてもらった。

いい経験だったと思うし、決して苦痛ではなかったけど、疲れだけはどうにもならなかった。

ザヌエラの加護は無限でも、その担い手である俺の力には限界があるらしく、全部終わったあと、俺は糸が切れたように意識を失った。

6　新たなる旅立ち

俺はそのあと数日眠りこけていたらしく、目覚めて少し経ったところでアルマさんの訪問を受けた。数日眠ったおかげで事後のだるさは嘘のように吹き飛んでおり、寝てるあいだにいい夢でも見たのか、とても幸せな気分だった。

「おつかれさまでした、アルフレッドさま」

「はは、本当に疲れましたよ。でも、今とても満ち足りた気分なんで、やってよかったと思います」

「そう言っていただけると、助かります」

俺に無理をさせてしまったんじゃないかと不安げだったアルマさんは、ほっと息を吐いた。

「アルマさん。俺はそろそろ町を出ようと思います」

「……そうですね。まだ見ぬ人たちがアルフレッドさまを待っていますから」

そう告げたとき、アルマさんは少し寂しそうな顔をしたが、すぐに優しい笑顔を向けてくれた。

もうこの町でやるべきことはやった、といっていいだろう。

みんなと別れることは名残惜しいけど、アルマさんの言うとおり、世界中に俺を待っている人がいる以上、いくら居心地が良くてもこの町に居続けることは出来ないのだ。

「でもその前に、お礼をさせていただけませんか？」

「お礼……、ですか」

「はい。この町の多くの人がアルフレッドさまにお世話になりました。なので、町のかたがたからアルフレッドさまへお礼がしたいという声が殺到しておりまして……」

お礼と言われても、これからたくさん子供が出来て、いろいろと入用になってくるだろうし、あんま高価なものはもらえないし。だったら――、

「いらなくなった武器や防具を頂けると嬉しいですね」

「武器や防具ですか？」

「はい。この先旅を続ける上で、今の装備じゃ少し心もとないので」

剣だけじゃなく槍とか弓も欲しいしね。戦争も終わって武具の需要なんかは少なくなっているだろうし、余ったものでもいいからもらえるとありがたい。

そんな話をした翌日、町の広場には色んな武器や防具がずらりと並んでいた。

「こ、こんなに⁉」

「従軍されていた方も多いですから」

「なんか高そうなのもありますけど、もらっていいんでしょうか？」

「受け取っていただいたほうが、皆さん嬉しいと思いますよ」

広場には町の人も遠巻きに群がっており、俺の様子を興味深げに見ていた。提供者と野次馬ってとこかな。せっかくなので広場に並ぶ武具を手に取りながら【鑑定】をかけていく。

ショートソードにロングスピアなど、【鑑定】のお陰である程度価値がわかるのはありがたいけど、とにかく数が多く、ひとつひとつ見ていったら日が暮れそう……。今のところ低評価の武器しか見当たらないけど、この中で一番性能の良い剣ってどれなんだろうな？

「……って、え⁉」

そんなことを考えてたら、視界に矢印が現れ、ひとつの剣を指した。刃渡り一メートルぐらいの剣で、革の鞘に収められているそれは、鞘から引き抜いてみると、細かい傷がいくつもあるものの刃こぼれのようなものはなく、しっかりと手入れされて磨かれた刀身が陽光を反射してキラリと光った。

名前：ロングソード
評価：D
参考価格：１５０,０００G

備考：鋼鉄製の片手用長剣。芯に柔らかい純鉄を仕込んでいるため折れにくく、刃がミスリルでコーティングされていて切れ味も鋭い。

おお、ファンタジー金属ミスリル!!　存在していたことが驚きだけど、そのうえまさか最初の町でお目にかかれるとは。他の武器の大半がG～F評価なので、Dってのはなかなかのもんだぞ。

「あのー、これは？」

剣を掲げ、群衆に目を向けると、神殿でお相手した覚えのある女性が進み出てきた。

「冒険者だった兄の遺品です」

「そんな大切なものを……」

「かまいません。むしろ聖騎士様に使って頂いたほうが、兄も喜ぶでしょう。私にはもうこの子がいますから」

女性はほほ笑みながら自分のお腹をさする。そういうことならありがたく使わせてもらおう。

（さっきの矢印は、逆引き検索みたいなものかな？）

【鑑定】に逆引き機能があることが判明してからは、武具選びもスムーズに進んだ。

柄が魔物素材であるトレント材でできた鋼鉄のショートスピア。フォレストスパイダーの糸と麻を撚(よ)り合わせた弦の張られた竹製のショートボウと魔物の骨を鏃(やじり)につかったボーンアロー。

防具に関しては前領主の遺品というミスリル製の立派な全身鎧があり、ぜひにと言われたのでそれもいただいた。その他にも、片手武器と併用できる小型の円盾や全身を隠せる大盾なんかも手に入った。

さすがにD評価のものは最初に選んだロングソードだけだったが、他の武具もE～Fとそれなりのものが揃ったし、他にもテントや生活用品などの旅に使えそうなものをたくさんもらった。

「ありがとうございました。おかげて立派な装備が整いました」

集まった人たちにお礼を言う。そして、みんながなにやら期待するような視線を向けてきたので、一式装備してみたら、拍手と歓声が沸き起こった。

ちょっと照れくさく思っていたら、野次馬の中からひとりの老婆が現れた。背筋を伸ばし、しっかりとした足取りで近づいてくるのその老婆は、どこか気品に満ちているように感じられた。

「はじめまして。このラムダの町の町長をやっております、クラリッサと申します」

クラリッサと名乗ったその老婆は、老人とは思えないしなやかな動作で一礼した。

「はじめまして、豊穣と繁栄の女神ザヌエラに仕える聖騎士アルフレッドです」

俺も彼女に合わせて名乗り、一礼した。

「この度はこの町の、多くの者に加護を与えていただき、誠にありがとうございます」

「いえ、これも聖騎士の務め。礼には及びませんよ」

俺の言葉を受けてクラリッサさんはにっこりとほほ笑んだ。

「聖騎士さまは間もなく旅立たれるとのこと。名残惜しくはありますが、聖騎士さまの使命を鑑みればお止めするわけにも参りません。そこで、ささやかながら宴の用意をさせていただきました。我らの心ばかりの歓待、お受け頂けませんか？」

送別会ってやつかな。ちょっと照れくさいけど、これを断るのは失礼だろう。

「ええ、喜んで」

クラリッサさんは満足げにほほ笑んだあと、野次馬たちの方に向き直った。

「みなさん!! 食事と飲み物を用意しました!! また、お店での飲み食いもすべて私が持ちましょうっ!! 聖騎士さまと過ごせる最後の一日を、盛大に祝おうではありませんか!!!」

『おおおおおおおおおおっ!!!!!』

クラリッサさんの言葉に住人たちから大歓声が沸き起こった。ささやかな宴って……?

「ふふ、では参りましょうか、聖騎士様」

そしてその夜は送別会という名のどんちゃん騒ぎになったよ。


翌日、いよいよ出発となった。さすが聖騎士とでも言うべきか、昨夜は記憶を失うぐらいまで飲んだんだけど、昼前にはスッキリと目が覚める。

目覚めると俺は全裸で、見知らぬ女性が数名裸で抱きついていた。周りにもさらに数名、随分乱れた姿で寝ている。幾人かの女性の股からツーっと流れ出る精液が見えた。

……また子供が増えるな。

支度を終えた俺は神殿を訪れた。

加護のお礼に武具をもらったので、そのお礼をさらに返すってのもどうかと思ったけど、ここにはこの先俺の子が一〇〇人ほど産まれるわけだし、出来るだけ援助したい、という思いから、町へ来る途中に得た魔物の素材を神殿に寄進した。もちろんこの先も継続的に神殿への寄付は続けるけどさ、これはまぁ別口ってことで。

次に向かうのは、各ギルド支部を擁する町としてはここから一番近い所にある、ケジサというところだ。徒歩でひと月ほどかかるとのこと。

ロバぐらいなら用意出来ると言われたが、貴重なものみたいなので遠慮しておいた。

「では、アルフレッドさま、いってらっしゃいませ」

アルマさんやカリーナを含め五十名ほどの住人が広場まで見送りに来てくれた。こうやって大勢に見送られて旅立つなんて経験は初めてだから、嬉しいんだけどちょっと照れくさい。

ただ、エイミーちゃんの姿が見えなかったのは少し寂しかった。

「アルー、気をつけてニャ」

「おう。カリーナも妊婦なんだから無理はするなよ」

ってな感じで見送りの人たちと軽く言葉をかわしたあと、俺は町の出入り口に向かって歩き始めた。みんな町を出るまでついていくって言ってくれたんだが、キリがないので断った。

「エイミーちゃん、いなかったな……」

ここ数日、俺はエイミーちゃんの姿を見ていない。昨日の送別会のときも結局見つけることはできなかった。色んな人とやりまくったから、もしかしたら愛想を尽かされたのかな、なんて思ってたけど、確かめる間もなく旅立ちの日を迎えてしまった。

本当はふたりっきりでもっと過ごしたかったけど、使命があるからそういうわけにもいかない。

それにこの先、俺はもっとたくさんの人と関係を持つことになる。それはエイミーちゃんにとってつらいことなのかもしれないし、無理に探し出して話をする必要もないかな、なんてことを考えながら歩いていると、町の出入り口に到着した。

「アルフ殿、先日はお世話になりました」

「いいえ、こちらこそ」

門には来たときと同じく、ケイラさんが立っていた。彼女とも神殿でお相手させてもらってたな、そういえば。ケイラさんは犬獣人で、いまは兜で隠れている犬耳の後ろ辺りをコリコリされながら、後ろから突かれるのがお好みだった。あと、なかなか立派なお胸の持ち主だったよ。

「アルフ殿に宿していただいたこの命、大切に育てさせていただきます」

犬耳の門番さんは、ふさふさの尻尾をパタパタと振り、優しくほほ笑んでお腹をさすった。

「くれぐれも無理はしないでくださいね。ではまた」

「はい。お気を付けて」

ケイラさんに見送られて町を出た俺は、街道を歩き始めた。

十分ほど経って、もうラムダの町も見えなくなったころ――、

「…………ーい……」

なにやら背後から声が聞こえてきた。

「ぉーい……！」

気のせいじゃないな。それに、俺を呼んでいるのか。

「おーい、アルフさーん!!」

振り返ると、出会ったときと同じ狩人スタイルのエイミーちゃんが手を振りながら駆け寄ってくるのが見えた。

「エイミーちゃん!?」

わけがわからず、俺が呆然と立ち尽くしていると、見る間にお互いの距離は縮まり、あと少しというところで…………、何かにつまずいてエイミーちゃんはコケた。

「ちょ、エイミちゃん！　大丈夫……？」

「えへへ……、また転んじゃった」

慌てて駆け寄った俺は手を貸し、引き起こすと、エイミーちゃんは立ち上がる勢いのまま俺に抱きついてきた。

「うわっと！」

「はぁ……はぁ……、アルフさん、歩くの速いぃ……」

エイミーちゃんは俺に抱きついたまま肩で息をしていた。

そしてある程度呼吸が落ち着いたところで、エイミーちゃんは俺から離れた。

「エイミーちゃん、どうしたの？」

「ごめんなさい。孤児院のことなんかを色んな人に頼んでたら、全然お話出来なくて……」

「あ、そうだったんだ……」

どうやら避けられていないことがわかって俺は少しホッとした。でも、ちゃんと話ができなかったから、わざわざここまで見送りに……ってわけじゃなさそうなんだよな。

だって、彼女は背に大きなバックパックを背負っているから。

っていうか、さっきコケたとき、よく荷物が散乱しなかったものだ。たぶん荷造りはしっかりしているんだろう。そういうところはちゃんとしてそうだし。

「っていうか、その荷物……」

「あ、荷物【収納】してもらってもいいですか？　収納鞄は町長さんに返しちゃったんで」

「いや、まぁ、いいけど……もしかして、一緒に？」

「ご……、ご迷惑、でしたか……？」

エイミーちゃんが泣きそうな顔になった。

「いやいや全然!!　むしろ嬉しいよ」

「ほっ……よかった……」

「でも、いいの？」

「なにがです？」

「俺は、その、聖騎士だからさ。エイミーちゃんだけじゃなく、いろんな女の人と――」

「いいんです!!」

俺の言葉を遮ったエイミーちゃんは、少しだけ悲しそうだった。

「アルフさんの使命はわかっています。もちろん、全然平気ってわけじゃないけど……」

再びエイミーちゃんに笑顔が戻る。でも、それはどこか泣き笑いのようだった。

「だから、わたしと向き合っているときは、わたしだけを見てください。わたしはそれで、幸せですから」

「エイミーちゃん……!!」

少しだけ悲しげにほほ笑んだ彼女の目尻に涙がたまるのを見た俺は、思わずエイミーちゃんを抱きしめ、唇を重ねた。

「んむ……んちゅ……んはぁ……」

唇を求め合うだけのキスを終えた俺は、再びギュッと彼女を抱きしめ、耳元で囁いた。

「エイミーちゃん、好きだ」

「っ!!」

エイミーちゃんの息を呑む音が聞こえた。

「聖騎士とか、使命とか、そんなのとは関係なく、ただひとりのアルフレッドとして、俺はあなたが好きだ……」

しばらく無言のままじっとしていたエイミーちゃんが、俺の身体に腕を回して強く抱きしめてくれた。

「アルフさん……。わたしも、アルフさんが大好きです」

そうやって俺達はしばらく抱き合った。抱擁を解いたあと、少し照れくさい感じになったけど、俺は歩き出す前にエイミーちゃんへ手を差し出した。

「これからも、よろしくね」

「……はいっ！」

エイミーちゃんは満面の笑顔で俺の手を取ってくれた。

そして俺たちは、ケジサの町を目指して街道を歩き始めた。

女主人（カリーナ）の母子手帳

「かーちゃん！　おっぱいー」

　アルマのところから帰ってくるなり、息子が飛びついてきたニャ。

　最近アルマの大きなお腹を眺めるのが日課になっとるようで、迷惑かけとらんといいんニャけど……。

「アベル、ちょっとは行儀よくするニャ」

　ウチの服を捲り上げておっぱいにしゃぶりつく息子に、思わずため息が出るニャ。

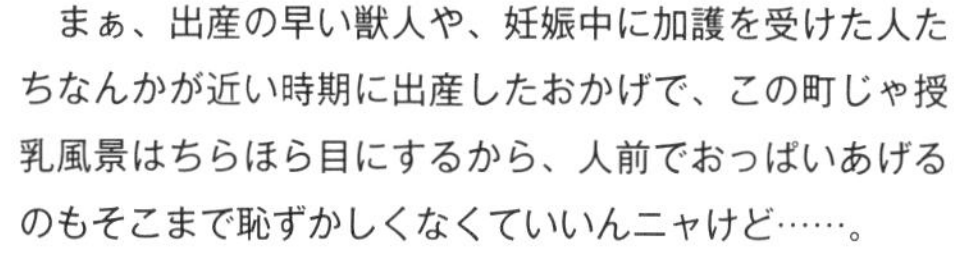

　まぁ、出産の早い獣人や、妊娠中に加護を受けた人たちなんかが近い時期に出産したおかげで、この町じゃ授乳風景はちらほら目にするから、人前でおっぱいあげるのもそこまで恥ずかしくなくていいんニャけど……。

　そろそろアルマたちヒューマンの出産ラッシュが始まりそうニャし、そのへんはもっと当たり前になってきそうニャ。

「ちゅぱ……んく……んく……」

　相変わらず美味そうに飲むニャ。

　ヒューマンのママ友からは「早く喋ったり動いたりできて羨ましいわ」ニャんて言われるけど、これはこれでしんどいニャ。

　そういやこないだ帰ってきてたアルーが、おっきくなったウチの胸を凝視しとったから「おっぱい飲みたいニャ？」って訊いたら「ば、馬鹿言うなよ……。そりゃアベルのもんだろうが」って顔真っ赤にして言うとったけど、ありゃやっぱ飲みたかったに違いないにニャ。

　今度帰ってきた時にまだおっぱいが出るようなら、飲ましてやってもいいかニャ。

　あー、でもどっちかというと……。

「ウチがアルーのミルク飲みたいニャ……」

書き下ろし短編
俺の可愛い女神さま
SEIKISHI ni umarekawatta ORE ha ISEKAISAISEI notame KOZUKURI ni hagemu

どれくらいの間眠っていただろうか。

それこそひと月の間ずっと眠っていたような気もするし、数分しか経ってないような気もするが、とにかく俺はスッキリと目覚めることができた。

「んんっ……!!」

仰向けのまま腕を伸ばしたが、多少ギチギチとした感覚はあるものの、手足は問題なく動くようだ。五体の芯にあった言いようのない疲労感みたいなものもすっかりなくなっている。

伸ばした身体から力を抜き、ゴロリと寝返りをうつと、ネグリジェの薄衣を隔てた向こう側に薄っすらと透けているおっぱいが見えた。ふと視線を上げると、ザヌエラが穏やかな様子ですぅすぅと寝息を立てている。

「そっか、ここは……」

俺はラムダの町の神殿で一〇〇人近い人のお相手をさせてもらったんだが、さすがに無理しすぎたのか、ぶっ倒れてしまった。それでも聖騎士の肉体は一晩あれば充分に回復できるのだが、精神のほうがそういうわけにもいかないらしい。

俺はいま、ザヌエラと初めて出会った部屋で寝ていた。疲れた俺の精神を癒やすため、女神が呼び寄せてくれたんだ。そして、添い寝して欲しいという俺の願望を聞き入れてくれたザヌエラが、すぐそばで穏やかに寝息を立てているという状況だ。

ここだと時間の流れが異なるから、一ヶ月くらい過ごしても下界では一晩くらいになるらしく、それだけあれば俺の精神もしっかり回復するのだとか。

いまが朝かどうかはわからないが、寝起きの生理現象で俺のイチモツは硬くなっていた。そして、ネグリジェ姿で無防備に眠る女神の姿を見て、その硬度が一層増したように感じられた。

俺は呼吸と鼓動が荒くなるのを自覚しながら、目の前にあるおっぱいに手を伸ばした。

「ん……すぅ、すぅ……」

乳房に手が触れると、ザヌエラは少しだけ声を上げたが、目覚める様子はなかった。

仮に起こしたとしても問題はないんだろうけど、俺はなんとなく彼女を起こさないように気を使うことにした。そのほうが楽しそうだから。

絹のような手触りのネグリジェの滑らかさを利用するように、俺は優しく乳房を撫(な)で回した。

そうしているうちに、生地の裏から乳首がぷっくりと浮き上がってきた。

「はぅん……んぅ……はぁ……はぁ……」

すべすべとした感触の生地の上から乳首を撫でるとザヌエラはピクンと身体を震わせ、短く喘(あえ)ぐのだが、目覚めるには至らないようだ。

続けて俺は股間に手を伸ばした。ネグリジェの丈は太ももの半ば辺りなので、少し手を伸ばせば裾をつかむこともできるのだが、俺はあえて薄衣のうえから触った。

「はん……ふぁ……んふぅ……」

生地の持つ滑らかな感触を利用しながら、優しく割れ目を撫で回していく。

「んぁああっ……はぁっ……はぁぅ……」

ザヌエラの身体が軽く仰け反り、ピクンと震えた。割れ目からは愛液が染み出して、ネグリジェがじわりと濡れる。そのシミの上から、俺は少し強めに割れ目を押さえ、指が軽く沈んだところを何度もこすった。

「ぁはぁっ！　あんっ……ひぃん……」

反応も強くなり、喘ぎ声も呼吸もかなり激しくなってきたので、いよいよ起きるかなと思ったのだが、眠れる女神はまだ目覚める様子がなかった。

そろそろ頃合いかなと思った俺は、ネグリジェの裾を少し捲り上げ、股間に手を当てた。

「んぁ……」

軽く触れただけでザヌエラがピクンと反応した。そこはねっとりと濡れていて、触れた指に粘液が絡みつき、ほんの少し力を入れただけで粘膜の内側へと指が沈んでいった。柔肉に包まれた指をくちゅくちゅと動かす。

「ふぁ……あ、んんっ……！　アル、フ……？」

ザヌエラの目がうっすらと開き、虚ろな瞳が俺を捉えたみたいだ。俺はそんなザヌエラの瞳を見つめながら、少し強めに指を動かした。

「やぁ……なんで……？　アルフ、だめだよぉ……」

俺の方を向いて横になっていたザヌエラの片膝に手をかけてごろんと転がすと、ちょうど股を開くような格好で仰向けになった。脚が大きく開かれたため、短いネグリジェの裾が軽くめくれ、フサフサの恥毛と愛液に濡れてぬらぬらと光る花弁が露わになった。

「はぅ……だめぇ……ジロジロみないでぇ……」

どこかぼんやりしたザヌエラの、恥ずかしそうなつぶやきが俺の情欲をそそり、イチモツを硬くした俺は女神の股間に顔をうずめた。

「ひぃぁうぅっ……!!」

伸ばした舌が粘膜に触れた瞬間、ザヌエラの身体がビクンと震える。俺はその反応を楽しみつつ、ぴちゃぴちゃと粘膜をなめまわした。

「はんっ……んんっ、だめ、感じちゃうぅ……」

続けて、ぷっくりと膨らみかけている陰核に舌を伸ばし、優しく包皮を剝いていった。

「ひゃぁあっ！　だめっ、そこは……んふぅうぅうぅっ!!」

包皮から開放されてポロンと顔を出した陰核を、チロチロと舌で刺激しながら、膣内に指をつっこみ、膣壁のざらざらしているところをグリグリと刺激した。

「ひゃっ！　あっ！　だめ、それ、ホント、ダメだからぁっ……!!」

陰核と膣壁を同時に刺激された女神が、ガクガクと腰を震わせ始めた。膣内からは愛液がとめどなく溢れ出し、指にまとわりついてくる。

「ひぃっ！　でる、でちゃうっ!!　アルフ、やめて、もぉゆるしてぇええぇぇぇっ!!」

絶叫に近い喘ぎ声を発したあと、女神はプシャァっと潮を吹いた。透明な液体が、プシャップシャッ！　と断続的に吹き出し、俺の顔を濡らす。

「あひぃぃいいぃっ……!!」

尻を大きく持ち上げるように仰け反り、小刻みに震えていたザヌエラの身体から、ぐったりと力が抜けたので、俺は膣から指を抜き、顔を離した。

「ううぅぅ……ひどいじゃないかぁ……」

絶頂から少しだけ回復したザヌエラは、口の端から軽くよだれを垂らしながら、目尻に涙をためて俺を見た。

「今日は、ゆっくり休まなきゃダメなのにぃ……。そんな気はなかったのにぃ……」

泣きそうな顔でそう訴えるザヌエラだったが、正直そんなエロい格好で、しかも俺を全裸のままにしておいてそんなこと言われても説得力ないんだよなぁ……。でも彼女がそう言うんなら、しょうがない。

「ごめんな。じゃあ、今日はここまでにして、休むことにするよ」

「え……？」

「今は女神様のいうことをちゃんときいて、もう少し寝ることにするよ」

「あ……うぅ……そんなの……」

ザヌエラは相変わらず泣きそうな顔のまま少し俯(うつむ)いたが、その表情には先ほどまでと少し違った感情が乗っているようだった。

「ズルいじゃないか、ここまでしておいてぇ……」

　そして女神は恨むような、あるいはどこか縋るような視線を俺に向けた。その姿にドクンと胸が鳴り、さらに股間が硬くなるのを感じながら、俺はできるだけ平静を装った。

「でも、休んだほうがいいんだろ？」

「ううぅぅ……、そぉだけどぉ……。でもここまでしたんだから、責任とってよ……」

　女神の表情が、甘えるような上目遣いに変わる。やばい、やっぱこいつ可愛い……。でも、まだ足りない。

「責任って、どうやってとったらいいのかなぁ？」

「もぅ、わかってるくせにぃ」

「んー、ちょっと前まで童貞だった俺にはよくわかんないから、ちゃんと言ってくれないと」

　ザヌエラの顔がかぁっと赤くなり、彼女は慌てて目を逸らした。こいつ、攻めるときはグイグイきてたけど、攻められるのは苦手なのかも？　うん、いい発見だ。

「……挿れてよ」

　顔を真赤にした女神が、口をとがらせて小さくつぶやく。

「んっんー？　聞こえないよー？」

「ううー!!　もう挿れてよぉっ!!」

顔は赤く、口をとがらせたままのザヌエラが、そう言いながら責めるような視線をぶつけてくる。

「挿れる？　なにを？　どこに？」

「お、おち×ちん……ここに挿れてよぉ……!!」

軽く身を起こした女神が股に手をかけ、ぐいっと秘部を大きく開いた。ピンク色の粘膜はとろとろと溢れ出す愛液に濡れてヒクヒクと動き、その奥ではわずかに開いた膣口が、もう待ちきれないとばかりに蠢（うごめ）いていた。

「もっとちゃんと、おねだりしてくれなきゃやだ」

「ううううー!!」

もう完全なわがままになってしまったけど、ここまできたらいくとこまでいかないとな。一瞬だけ戸惑うように視線をそらしたザヌエラだったが、意を決したように俺を見つめ、大きく息を吸って口を開いた。

「淫乱（いんらん）女神のぬれぬれおま×こに、聖騎士のぶっといおち×ぽ突っ込んでぐちゅぐちゅかきまわしてぇっ!!」

「よーっし!!」

満足のいく言葉を引き出したところで、俺は女神のぬれぬれおま×こに狙いを定め、少し離れた場所から腰を突き出し、聖騎士のぶっといおち×ぽを一気にねじ込んだ。

「んぎひぃぃいぁあああぁぁぁぁあぁああああっ!!」

勢いよく最奥部まで貫かれたザヌエラが、女神らしからぬ悲鳴のような嬌声を上げる。膣肉の方は一度の絶頂でしっかりとほぐれていたのか、ものすごい勢いで突っ込まれた肉棒を、ほとんど抵抗なく受け入れた。

「やぁっ、あっ、いきなり、激しっ!!　んんぁあっ!!」

じゅぶじゅぶといやらしい音を立てながら、女神のおま×こを聖騎士のおち×ぽが出入りしている。とろとろと流れ出る愛液が摩擦で攪拌(かくはん)され、白く泡立ち始めた。

「ああんっ!　イク、イクっ!　もうイッちゃうよぉっ!!」

挿入から一分も経っていないのに、女神は絶頂を迎えようとしていた。

「アルフもぉ、アルフも一緒にぃっ!!」

まだ余裕はあったが、ザヌエラが一緒にイクことを望んだため、聖技の効果で俺にも限界が近づいてきた。

「よーっし、じゃあどこに出して欲しい?」

「あっあっ、おなかに、おなかにちょぉだぁい!!」

「お腹?　じゃあお腹の上にぶっかければいいんだな?」

「ちがうよぉ……!　このまま、おま×こにおち×ぽつっこんだまま、聖騎士のザーメン膣内(なか)にドプドプだしてぇえっ!!」

「よし……、ちゃんと言えて、偉いぞザヌエラっ!!」

「えへへ……んぁあああっ!!　イクっイクっ!!」

「俺も、イキそう……」

「イッてぇ!!　いっぱい膣内にだしてぇえっ!!」

――どぴゅるるるるるっ！！！！

「あはぁあああぁぁぁっ!!　いっぱい出てるぅ!!」

最後の瞬間、少しだけ早く絶頂に達した女神の膣がぎゅうぅぅっと締まり、俺は絞り取られるように射精した。

「……んもぅ、アルフったら、朝からはげしすぎぃぃいいいっ!?」

お互い絶頂に達して一段落つくと思ったのか、まったりモードに入り始めたザヌエラの膣奥をガツンと突く。

「ぃひぃぃいっ！　待ってぇ、イッてる……まだイッてるからぁ……!!」

不意打ちのように突かれた女神が大きく仰け反ったので、俺は彼女の背中に手を回してギュッと抱きしめたあと、そのまま身体を起こし、対面座位に移行した。ネグリジェ越しに密着したザヌエラの大きな乳房が、心地よい弾力を俺の胸板に返してくるが、今ひとつ物足りない。この布、邪魔だな。

「あっあっ！　待って、ちょっとだけ、休ませてぇ……」

俺は女神を乗せて突き上げながら、密着していた身体を少しだけ離してネグリジェの裾に手をかけ、捲り上げた。口では嫌がってる素振りを見せるザヌエラだったが、俺がネグリジェを脱がせようとすると、ちゃんと腕を上げて脱がせやすいように応じてくれ、理想の大きさと形をした乳房がぷるんと揺れて露わになった。思わずむしゃぶりつきそうになったけど、いまは彼女の体温を肌で感じたいので、俺は再び女神を抱きしめた。

「んっんっんっんっ！　あはぁ……ま、また……ボク、またイッちゃうっ……!!」

ザヌエラの身体が少しずつ強張っていき、肉棒を包む膣がキュウキュウと締まってくる。もうすぐ女神が絶頂に達すると感じた俺は、動くのをやめた。

「あっ……あぁ……んぅ……？　アルフ……？」

あと少しで至高の快楽に包まれるというまさに直前で俺が止まったものだから、ザヌエラは戸惑いの声をあげ、もどかしげに腰をくねらせた。そしていつまで待っても動き出しそうにない俺にしびれを切らしたのか、自分から腰を動かそうとしたが、俺は彼女を強く抱きしめ、その動きを封じた。

「んんぅ……なんでぇ……。なんで、こんないじわるするのさぁ……」

泣きそうな声で縋るように訴える女神の言葉を無視し、俺はじっと待った。

「あぁ……もう……」

彼女の切なげな声が漏れ、それとともに絶頂が遠のいたのを悟った俺は、再びザヌエラを突き上げた。

「んふぅっ!!　あっあっあっあっ!!　奥、コンコン当たってるぅっ……！」

肉棒の先端で女神の子宮口を何度も突きながら、俺は腰を振り続けた。

「あああぁっ！　イクっ、イクっ！　今度は、ちゃんとイカせて——えっ……？」

そしてザヌエラが絶頂に達する直前、再び俺は動きを止め、腕に力を込めて彼女の動きを封じた。

「ううう〜……アルフぅ……アルフぅ……!!　なんでなのさぁ……」

そうやって俺は何度も寸止めを繰り返した。

「うぐ……ひっく……おねがいだよぉアルフぅ……ボクもうイキたいのぉ……、イカせてぇ……」

ザヌエラが子供のように泣きながら懇願してくる。ほんと、こいつ可愛いわ。でも、そろそろ頃合いかな。

「あんっ！　奥ぅっ!!　きもち——いひぃいいぃんっ!!」

俺も限界が近づいてきたので、一気に腰を突き上げてやる。どの角度で、どれくらいの勢いをつければいいのかは聖騎士の本能が教えくれた。

「あああああっ!!　くるっ……おっきぃのがくるよぉおおっ!!」

俺もまた、今まで感じたことのないほど、大きな快感の波を予感した。

「ザヌエラ、俺もイキそうだ……」

「ボクのぐちょぬれおま×こにぃ……いっぱいだしてぇえええぇぇっ！！！」

「うああああっ!!」

――どびゅるるるるるるるっ!! どびゅるるるるっ!! どびゅっ！ どびゅっ！ びゅるるるっ……

「あひぃぃいいぃぃん！ おま×こに、いっぱい出てるぅ!! アルフの子種汁、いっぱいでお腹のなかやけどしそうだよぉっ……!!」

今までにない大量の精液を放った俺は、一瞬途切れた意識を気合いでつなぎ直した。いつまで経っても終わらない断続的な肉棒の脈動に、俺も女神も何度か意識を失いかける。接合部からは入り切らない精液が膣内から溢れ出し、陰茎が脈打つたびにグプリ、ゴポリと淫猥な音が鳴った。

「はぁっ……あんっ……しゅごかったぁ……」

永遠に続くかと思われた射精にも終わりが訪れ、それとともにザヌエラの身体から力が抜ける。

「んふぅ……もぅ、アルフってば、あんなテク一体どこで覚えたのさぁ」

「伊達に一〇〇人とやってないよ」

ここに来る直前まで、俺は神殿でおよそ一〇〇人の女性を相手にしたのだが、中には経験豊富

な方もいらっしゃったのだ。で、セックスの奥深さをいろいろと教えてもらったってわけ。

「ザヌエラにはお世話になったからさ。気持ちよくなってもらいたかったんだ」

「むぅ……なんかちょっと悔しいかも」

「あはは。そうやって拗ねてるのも可愛いな」

「やっ……！　ちょ、やめてよぉ……。そんなの、君の好みの顔なんだから当たり前——んむっ？」

照れて目を逸らしたザヌエラの顔をこちらに向けさせ、俺は唇を重ねた。驚いて目を見開いた女神だったが、ほどなくトロンと表情が緩んだ。

「んはぁ……、もう、いきなりなにするのさ」

「はは、ごめんごめん。ザヌエラが変なこと言い始めるから」

「変なことって……」

また何か言おうとするザヌエラの目を、俺はしっかりと見つめた。その視線に押されたのか、彼女は気まずそうに口をつぐんだ。

「ザヌエラはザヌエラだよ。確かにいまの身体は俺の理想かもしれないけど、そんなのはどうでもいい。どんな姿だろうと、ザヌエラは俺の可愛い女神さまだ」

ボンっ！　と湯気が出そうな勢いでザヌエラの顔が赤くなった。目を瞠ったまま少しのあいだ固まっていた照れ屋な女神は、隠れるように俺の胸へと顔を埋めた。

「もぅ……ばかぁ……」

そんなザヌエラが愛らしくて、俺は彼女の背中に回した腕にギュッと力を入れた。すると、それに応えるように彼女も強くしがみついてきた。

俺達は繋がったまま、お互いの存在を確かめ合うようにしばらく抱き合い続けた。

あとがき

このたびは『聖騎士に生まれ変わった俺は異世界再生のため子作りに励む』を手にとっていただきありがとうございます。作者のほーちと申します。

本作は初めてのアダルト小説ということで、ノクターンノベルズに様子見でプロローグだけ公開するつもりで書いたものが、思わぬ人気を得てしまい、急遽連載にした作品です。

その後ポイントの伸びが落ち着いたところで別の作品を書き始め、そちらも人気を得て他社にて書籍化が決まった直後に竹書房さんから書籍化の打診をいただいたので「すいません、他社で決まってしまいました」とお答えした所「いや、そっちじゃないです。聖騎士のほうです」とのお返事をいただき「正気か……⁉」と思ったのを覚えています。

しかし竹書房さん、正気も正気、本気も本気で、じっくりと時間をかけて設定を見直したりと、書籍化に向けて尽力してくださいました。

そして何より、凄い迫力の情熱的なイラストを描いてくださった宮社惣恭先生に心より感謝いたします。想像以上の可愛さ、そしてエロさでした。多忙な中、キャラクターの容姿だけでなく、素敵な衣装や小物を考えていただいたおかげで、作品に厚みが増したと思っております。

生まれて初めて書いたアダルト小説ということで思い入れの深い本作を書籍化していただいたことに、関係各位に改めて感謝を。そして本書を手に取ってくださったみなさまにもお礼を。

Variant Novels

聖騎士に生まれ変わった俺は異世界再生のため子作りに励む 1

2018年2月23日初版第一刷発行

著者…………………………………… ほーち
イラスト………………………… 宮社惣恭
装丁…………………… 5gas Design Studio

発行人……………………………………後藤明信
発行所……………………………株式会社竹書房
〒102-0072 東京都千代田区飯田橋2-7-3
電 話:03-3264-1576(代表)
03-3234-6301(編集)
竹書房ホームページ http://www.takeshobo.co.jp
印刷所……………………………………共同印刷株式会社

■本書は小説投稿サイト「ノクターンノベルズ」(https://noc.syosetu.com)に掲載された作品を加筆修正の上、書籍化したものです。

ISBN978-4-8019-1385-1 C0093